L'ÉCOLIER

DE BARCELONE.

1707

L'ÉCOLIER

DE

BARCELONE

PAR

M. HENRY BURAT DE GURGY.

AVEC UNE PRÉFACE

DE M. LOUIS DESNOYERS.

suivi

DU FILS DU BRACONNIER

ET LE PETIT NOIR.

PARIS.

LIBRAIRIE A IMAGES.

A. DESESSERTS, ÉDITEUR.

Passage des Panoramas, galerie Feydeau, 13

1842

A L'AUTEUR *.

MON CHER CONFRÈRE,

JE dois vous remercier tout d'abord de l'a-
gréable lecture que vous m'avez procurée en
m'envoyant les épreuves de l'ouvrage que votre
éditeur prépare en ce moment. L'année 1842
n'aura pas de plus charmantes étrennes. Mais à
coup sûr l'*Ecolier de Barcelone* ne bornera pas
son succès à cette époque où tant d'autres ouvrages ne doivent leur vogue éphémère qu'à
l'incroyable quantité de papier qui se débite
alors sous n'importe quelle forme, sous la forme
de livre comme sous celle de cornets de bonbons. Hélas ! bonbons et livres, tout cela dispa-

---

* Nous croyons pouvoir, sans indiscrétion, publier, en guise
de préface, la présente lettre, bien qu'elle nous ait été adressée
particulièrement. Si elle ne renfermait que des éloges, nous
nous serions abstenu de le faire, quoique nous y attachions un
grand prix ; mais elle exprime des idées générales qui nous ont
semblé mériter et, par conséquent, excuser, vis à vis du signa-
taire, comme vis à vis du lecteur, la publicité que nous lui don-
nons en tête de notre livre.

(*Note de l'auteur.*)

raît en quelques jours ; et telle est l'insipidité de
la plupart des ouvrages de ce genre, que ce ne
sont pas les pralines et les pistaches qui laissent
les moins longs souvenirs dans la mémoire des
enfants.

C'est qu'en effet, s'il est une tâche difficile
entre toutes, c'est sans contredit celle de faire
un bon livre pour la jeunesse ; et, ce qui est plus
encore, pour l'enfance. Ces grands enfants, que
l'on appelle les hommes, sont bien plus faciles à
intéresser, à amuser, que ne le sont les petits ;
c'est là une vérité incontestable, bien que le contraire soit généralement admis.

L'enfant est curieux, soit ! mais l'homme
est badaud, ce qui est le superlatif de la curiosité.

Et puis, que de ressources n'a pas le romancier, lorsqu'il s'adresse à des lecteurs qui ont
beaucoup de barbe, sinon beaucoup de raison !
Tout ce que notre pauvre humanité peut offrir
de travers, de passions, de vices même, de per-
versités et d'infamies, tout cela lui appartient,
tout cela lui vient en aide pour émouvoir les sens,
pour charmer l'esprit, pour captiver l'imagination.

L'écrivain qui s'adresse à l'enfance, au contraire, doit renoncer à tous ces éléments d'intérêt, sous peine d'être inintelligible ; et, qui pis

est, d'être immoral. Tout au plus, en fait de passions, de vices et de crimes, pourra-t-il se hasarder jusqu'à l'amour excessif des confitures, jusqu'à une colère de pain d'épices, jusqu'à un forfait de coups de poing, jusqu'à une ambition de polichinelle, jusqu'à un vol de tartine, avec escalade de buffet, jusqu'à un assassinat de mouche ou de hanneton.

Et cependant il faut qu'il plaise, qu'il intéresse, qu'il fasse rire ou pleurer.

Il faut bien plus encore : il faut qu'il instruise, il faut qu'il moralise. Le romancier ordinaire a encore ce double avantage sur lui, de n'être tenu ni à l'une ni à l'autre de ces deux obligations. Du moins, à examiner les faits, c'est une étrange instruction, et surtout une étrange morale, que celles dont la plupart des romanciers ordinaires ont entrepris la propagation dans les classes viriles de notre société !

Qu'on juge donc, d'après ce qui précède, de l'immense difficulté que comporte un livre, destiné à la jeunesse, qui réunisse toutes ces conditions d'intérêt, de morale et d'instruction ? En compterait-on bien quelques douzaines de ce genre parmi les cinq cent mille peut-être qui ont été publiés depuis Ésope jusqu'à nos jours ? Je ne voudrais point tenir un tel pari. Tout ce que je puis dire, c'est que depuis que j'ai cessé d'être

un enfant, et, par malheur, il y a déjà bien longtemps de cela, il m'est arrivé de relire, ou plutôt
de vouloir relire, certains livres, parmi les
mieux réputés de l'espèce ; les *Berquin*, par
exemple, les *Robinson Suisse*, le *Magasin des Enfants*, etc., etc., que le bonhomme Janvier m'a-
vait apportés jadis par la cheminée, pendant la
nuit de mes anciens jours de l'an, ou qui m'a-
vaient été donnés à l'école, comme prix d'en-
couragement ou de bonne santé, ou bien, enfin,
qui avaient récompensé mes vertus, lorsque j'a-
vais sagement préservé mes doigts de taches
d'encre, et que je n'avais commis aucun accroc à
mes juvéniles pantalons. Eh bien! j'ai été con-
fondu de l'incommensurable nullité de tous ces
prétendus chefs-d'œuvre. Comme intérêt, c'est
soporifique ; comme instruction, c'est faux ;
comme morale, c'est niais. Tout homme de goût
et de raison ne peut qu'être de cet avis. J'en ex-
cepte les libraires, qui ne manquent, à coup sûr,
ni de goût ni de raison, mais à qui la routine des
parents continue de procurer chaque année un
fructueux débit de toutes les stupidités que l'u-
sage a consacrées dans ce genre de publications.
Ils font leur métier, en continuant de vendre ce
que vendirent leurs prédécesseurs, soit! mais
qu'ils nous permettent, à nous critiques, de faire
le nôtre; et c'est ce que je fais ici.

Mais, dira-t-on, la plupart des ouvrages consacrés à l'enfance sont soporifiques, sont faux, sont niais, parce qu'il est impossible d'être ingénieux, d'être vrai, d'être intéressant, lorsqu'on s'adresse à cet âge où la raison, l'esprit et l'imagination n'ont pas encore tout leur développement. — Mais, pour Dieu, c'est, au contraire, un motif de plus pour l'être davantage. L'écrivain, en pareil cas, doit suppléer, par l'excès même de ces qualités, à ce qui manquerait à son lecteur pour les sentir et les comprendre dans la mesure ordinaire. Le prétexte allégué rappelle le procédé de ces passants qui, arrêtés dans la rue par un Anglais, par un Allemand, par un Espagnol, peu versé dans la connaissance de notre langue, s'efforcent de lui indiquer son chemin, en dénaturant le plus possible leur propre langue, en en faisant un baragouin qui n'est ni espagnol, ni anglais, ni allemand, ni français. Une longue ironie, fantastique, impossible, ahurissante ; et cela, pensent-ils naïvement, afin de se faire mieux comprendre. Mais, malheureux, cet étranger comprend à peine le bon français, comment voulez-vous qu'il puisse comprendre le mauvais ?

Il en est de même des enfants. C'est à peine si ces enfants comprennent ce qui est vrai, ce qui est ingénieux, ce qui est spirituel, comment voulez-vous qu'ils puissent comprendre ce qui est faux, ce qui est sot et bête ?

Il faut oser le dire. la Bibliothèque de la jeunesse est à refaire de fond en comble, car c'est à peine si le temps passé peut nous léguer quelque vingt ouvrages de cette espèce qui soient vraiment dignes de notre temps présent. Elle est à refaire sur des bases appropriées aux idées, aux goûts, aux mœurs, aux nécessités morales et littéraires de notre époque. Cette pensée aurait besoin de quelques développements ; mais ce qui vaut mieux que la prouver, c'est de la pratiquer, et c'est un soin dont vous vous acquittez trop bien, mon cher confrère, pour que je me croie obligé d'ajouter quelques vaines théories à cette démonstration. si intéressante, si spirituelle, si concluante, que vous aviez intitulée l'*Écolier de Barcelone*. Votre livre sera l'une des assises les plus solides du nouvel édifice. La preuve la plus irrécusable de tout le plaisir que les enfants éprouveront à le lire, c'est celui qu'il procure si vivement à ceux qui ont cessé de l'être, et dont, pour ma part, mon cher confrère, je n'ai pu résister au désir de vous faire agréer mes très-sincères remerciements.

Paris, 3 décembre 1841.

Louis DESNOYERS.

L'ÉCOLIER DE BARCELONE.

CHAPITRE PREMIER

Où
l'on voit
comment Fabrice
Gomez, ayant eu la sot-
tise de se croire assez instruit,
s'avisa de vouloir quitter
l'école de Bar-
celone.

ARMI les nom-
breux élèves con-
fiés aux soins des
révérends pères
franciscains, se
trouvait depuis
longtemps le jeu-
ne Fabrice Go-
mez, le plus laborieux et le plus ambitieux aussi de tous les écoliers.

1

Fabrice était le fils de l'alcade de Pampelune, qui l'avait envoyé dans cette école religieuse avec l'intention de ne le rappeler auprès de lui qu'au moment où il serait trouvé capable d'obtenir son brevet de bachelier dans une des facultés de l'Espagne.

Le jour où Fabrice atteignit sa quinzième année, qu'il attendait avec une impatience sans égale, une foule d'idées vinrent l'assiéger à la fois.

Dès lors, dans toutes les lettres qu'il écrivait à son père, il le suppliait de le retirer de l'école, pour le faire entrer dans le monde. Ce désir, à force de rouler dans son imagination, devint si ardent que Fabrice n'eut bientôt plus le courage d'y résister, et se décida à annoncer son arrivée prochaine à Pampelune.

Voici en quels termes il écrivit à l'alcade :

« Mon excellent père,

« Il y a déjà cinq longues années que

« j'ai quitté votre maison ; je ne vous ai
« plus embrassé ; aussi, ne désapprouve-
« rez-vous pas , j'en suis certain d'a-
« vance, la résolution que j'ai prise.

   « Le temps qui s'est écoulé depuis no-
« tre cruelle séparation ne s'est pas en-
« volé sans profit pour moi ; j'ai toujours
« su , par mon travail assidu , obtenir
« l'approbation de mes maîtres, même
« celle de don José , le plus sévère de
« toute la communauté. J'en sais assez
« maintenant pour songer à être indépen-
« dant ; rester encore ici serait prolon-
« ger l'état de gêne où vous entraînent
« les sacrifices qui vous sont imposés par
« mon éducation. Je ne dois pas le souf-
« frir.... D'ailleurs, je serai bientôt un
« homme ; je connais des mathématiques,
« de l'histoire et de la peinture plus qu'il
« n'en faut pour être négociant, militaire
« ou artiste.

   « Je l'ai donc résolu : aussitôt que j'au-

« rai plié cette lettre , qui partira sans
« doute ce soir même , je ferai mon pa-
« quet afin de monter sur une mule et
« d'arriver ainsi peu après la nouvelle
« de ma détermination.

    « En attendant le bonheur de vous em-
« brasser, croyez–moi, je vous prie, mon
« bon père,

           « Votre fils bien aimant,

               « Fabrice GOMEZ. »

Cette épître achevée , il la relut plu-

sieurs fois, et la trouva plus ingénieuse

que les plus éloquents discours du recteur de Salamanque, plus concluante que
les doctrines des plus savants professeurs
de philosophie.

Après avoir scellé le papier d'un cachet
de cire et mis soigneusement l'adresse,
Fabrice Gomez courut chez le frère por-
tier, et tirant un petit sac de cuir enfoncé
dans la poche de sa jaquette, il fit briller
aux yeux du Cerbère enfroqué deux
réaux qu'il lui promit, à la condition de
donner sa lettre au muletier chargé habituellement des messages de l'alcade ; le
marché passé, le jeune écolier rentra
tout rayonnant d'espérance dans la cour
où jouaient ses camarades.

Fabrice affichait déjà l'air important
qu'il comptait prendre dans la ville ; sa
démarche était fière comme celle d'un
torréador qui sort vainqueur de l'arène ;
puis, ne pouvant dominer son contentement et croyant encore augmenter son

1.

bonheur, il se décida à révéler son secret.

— Comment! tu vas partir, Fabrice?
tu es bien heureux! repartit le premier
écolier à qui il s'adressait ; et quelle carrière embrasseras-tu?

Cette question toute naturelle, que Fabrice cependant ne s'était pas faite jusque
là, le plongea dans un embarras dont il
ne crut pouvoir sortir qu'en citant au hasard une profession venue à son esprit.

—Ma foi, je me ferai marin. dit-il d'un
ton tout à fait décidé.

— Marin?

— Oui, mon ami; ne trouves-tu pas
que ce soit un bel état?

— Au contraire.

— N'est-ce pas que cette vie doit être
belle et variée?

— Bien belle! continua l'ami, à qui il
donnait des tentations de liberté.

— Parcourir le monde dans tous les

sens, aller d'un pôle à l'autre, découvrir, comme Christophe Colomb, des terres inconnues, braver tous les périls, triompher de tous les obstacles, maîtriser les éléments, et revenir tout fier dans sa patrie, et pouvoir dire : J'ai vu, j'ai fait tout cela ! Comprends-tu bien le bonheur qui m'est réservé ?...

— Ah ! que ne suis-je à ta place ! soupira l'autre écolier, qui se laissait prendre à la glue des chimères que lui dépeignait Gomez.

En ce moment, le fils d'un riche négociant en tabac de Sant-Iago de Cuba vint jeter une question au milieu du dialogue commencé. Fabrice, voyant s'éloigner son premier questionneur et voulant flatter le second qu'il affectionnait beaucoup, se hâta de lui confier que le commerce serait le but constant de toutes ses démarches. Il accompagna cette nouvelle profession de foi d'une tirade élogieuse où l'industrie était célébrée avec cette éloquence que la mer avait su d'abord lui inspirer.

Comme il quittait celui-ci, il fut abordé par un autre élève dont le père, vieux brigadier des armées de Sa Majesté catholique, s'était distingué dans plusieurs affaires importantes.

A l'interrogatoire que Fabrice Gomez subissait pour la troisième fois, il répliqua par un éloge outré de la carrière militaire.

Incertain sur le parti qu'il devait prendre, notre jeune étourdi voyait toutes les spécialités du même œil, et dans sa modestie, il se croyait très-propre à briller dans chacune d'elles.

Quand il eut donné un libre cours au flux de paroles dont l'épanchement le fatiguait, il se décida à aller soumettre sa demande à don Antonio, supérieur de l'école; mais au lieu de se laisser persuader

par les beaux projets tout dorés de l'é-
colier faiseur de songes creux, le père
Antonio se fâcha net, et déclara d'une
manière positive qu'il n'ouvrirait la porte
sur l'écolier que lorsque le senor Gomez
aurait envoyé un laissez-passer bien en
règle et surtout bien authentique.

A ce résultat immanquable, et que
pourtant il n'attendait pas, Fabrice demeura comme foudroyé; il regarda en
tremblant la figure impassiblement sévère du franciscain, et comprit que l'instant de la retraite était venu s'il ne voulait s'attirer un châtiment exemplaire en
récompense de son obstination.

De retour dans le jardin, où un quart
d'heure auparavant il étalait une jac-
tance ridicule, Fabrice n'osa plus soutenir les regards étonnés de ses amis; il
croyait voir le persifflage sur toutes les
figures.

On était alors au milieu de l'été, la nuit

allait bientôt venir, et le jeune fou avait résolu que ce serait la dernière qu'il passerait chez les frères franciscains. L'opposition du supérieur lui suscita la pensée de s'évader tout de suite , moyen qu'il trouvait fort ingénieux pour se dispenser d'attendre le permis paternel, qui pourrait bien ne pas se presser d'arriver.

Fabrice avait avisé au fond de la cour une superbe vigne de Malaga, serpentant à travers un grillage de fer qui lui servirait d'échelle jusqu'au sommet du mur. Derrière cette cour s'étendait sur la campagne un vaste jardin dépendant de l'abbaye.

Arrivé dans le jardin , deux chances s'offraient à lui :

Trouver une issue et s'enfuir ;

Ou bien , rester prisonnier jusqu'à ce qu'il eût réussi à briser la porte.

Dans ce dernier cas, les oranges dorées et les grenades épanouies qu'il avait aperçues lui feraient facilement prendre patience.

Fabrice Gomez était parvenu au milieu de son ascension quand des voix nombreuses retentirent de tous côtés.

— Fabrice ! Fabrice !

— Par ici ! Fabrice, par ici !

— Eh ! le voilà ! fit une voix retentissante qu'il reconnut pour celle du frère surveillant.

Épouvanté de cette dernière exclamation qui lui prouvait qu'il était découvert, il se laissa aller et dégringola jusqu'à terre. Grâce à son agilité, il retomba sur ses pieds sans aucun accident.

Ce qui avait causé cette si grande rumeur était une lettre arrivant de Pampelune par la voie du muletier habituel.

L'alcade s'exprimait ainsi :

« Monsieur mon fils,

« Toutes vos épîtres sont brochées sur « le même canevas. Vous me manifestez

« sans cesse le désir de quitter vos étu-
« des ; en père qui vous aime, je dois m'y
« opposer.

« Croyez-moi, mon enfant, profitez du
« temps qui vous est accordé pour ap-
« prendre, c'est le moyen de vous faire
« un sort heureux. Fabrice, chaque po-
« sition de la vie a ses ennuis; la vôtre
« est la plus agréable; ne devancez donc
« pas l'instant des soucis et des peines.

« J'écris, par la même occasion, au
« très-révérend père don Antonio, à qui
« je vous ai confié; je lui dis toute ma
« pensée. Comme je connais votre petite
« tête, je vous préviens que l'alguazil-
« major a votre signalement; si vous
« vouliez tenter une évasion, au lieu d'ar-
« river à Pampelune, on vous conduirait
« à la prison de *Santa-Inès*, qui est beau-
« coup moins gaie que le couvent des
« franciscains.

« Méditez longuement les sages con-

« seils d'un père qui vous rendra heureux
« malgré vous.

« Francesco GOMEZ,
« Alcade de Pampelune.»

Nous n'essaierons pas de dépeindre les
diverses émotions dont fut agité Fabrice
au souffle paternel qui renversait impitoyablement ses beaux châteaux de car-
tes. En cet instant la cloche du coucher
s'agita, et l'écolier, essuyant ses larmes,
suivit tristement ses camarades, qui se
rendaient au dortoir.

Plusieurs heures s'écoulèrent; l'écolier Fabrice, au lieu de les employer philosophiquement au repos, les passa à gé-
mir et à murmurer tout bas contre une
volonté prudente qui lui semblait tyran-
nique. Fabrice se désolait comme si les
plus grands malheurs l'eussent frappé en
même temps.

Enfin, las de pleurer,
De se rouler dans sa couverture,

2

D'entendre le vent qui se jouait dans les arbres,

De se tourmenter la pensée de chimériques projets,

Il finit par où il aurait dû commencer :

Il s'endormit.

CHAPITRE II.

Fa-
brice apprend
qu'il est dangereux de
dormir à la belle étoile, quand
on n'a pas de pa-
piers.

E timbre de la grande horloge osnna minuit : Fabrice prêta l'oreille et n'entendit que le sonore ronflement du moine chargé de la police du dortoir.

Alors, il se prit à réfléchir de nou-

veau sur le parti qu'il devait adopter,
et comme l'entêtement n'était pas le
moindre défaut de notre écolier, il se
décida à accomplir son premier dessein.
Pourvu qu'il trouvât une excuse à donner à son père, dont il prévoyait aisément le trop juste courroux, un men-
songe n'épouvantait pas le petit drôle !

L'imaginer bien adroitement, voilà
quel était son unique souci. En attendant de faire cette précieuse découverte,
il se mit à s'habiller le plus silencieusement possible. Lorsqu'une pensée funeste préside à nos actions, et que deux
routes se présentent à nous,

L'une bonne,

L'autre mauvaise,

C'est toujours la dernière que nous
choisissons.

Ce fut aussi ce qui arriva à Fabrice
Gomez.

Tandis qu'il passait ses chausses, il

se fouilla les poches, et rencontra la lettre qui l'avait arrêté dans son escalade; il la déchira en menus morceaux, dans l'espoir de soutenir ainsi à son père qu'il n'avait pas eu connaissance de sa volonté définitive.

La satisfaction qu'il éprouva pour une si belle prouesse lui fit heurter une chaise qui faillit le perdre. Effrayé et craignant d'être surpris, il se précipita tout habillé dans son lit, feignant de reposer profondément. Le ronflement du franciscain, un moment interrompu, reprit son diapason ordinaire et rendit toute son audace à notre héros. Il se dirigea sur la pointe du pied vers une des croisées du dortoir, en prenant soin d'emporter le drap de son lit, qui devait lui servir d'échelle.

Après l'avoir attaché à la saillie de pierre formant balcon, il se laissa glisser.

2.

Dans sa précipitation, Fabrice s'était mal orienté, et au lieu de descendre du côté du jardin comme il comptait maladroitement le faire, il avait choisi la fenêtre donnant sur la route. Cette méprise lui eût été favorable puisqu'elle abrégeait le nombre des murs à franchir, si sa mauvaise étoile n'eût voulu qu'il restât accroché par un énorme clou qui lui ouvrit sa jaquette dans toute sa longueur en lui égratignant le dos. La douleur lui fit ouvrir les mains, et le déserteur se laissa choir en plein dans une mare boueuse placée là par la fatalité, comme pour son premier châtiment.

Quand il se fut un peu remis de l'effroi causé par cette chute inattendue, il essaya de sortir d'une position aussi désagréable. Il crut un moment que c'en était fait de lui, car à chacun de ses mouvements il enfonçait davantage ; heureusement, il parvint à se dégager de cette maudite fosse, mais ses tourments étaient loin d'être finis : malgré la saison, un vent des plus frais soufflait avec violence et lui collait ses vêtements sur le corps, et le pauvre diable grelottait comme en plein hiver.

Pensant qu'il parviendrait à se réchauffer un peu, il se mit à courir de toute la vitesse de ses jambes ; quand il se sentit bien harassé sans avoir moins froid, il se décida à s'arrêter derrière une de ces haies de bruyères et de genêts sauvages où les guérillas se postent habituellement pour attendre qu'un voyageur se présente au bout de leur carabine. Fabrice Gomez s'y installa le plus commodément qu'il put.

Il était là depuis quelques instants quand la montagne retentit de plusieurs voix mêlées à des piétinements de chevaux et à des tintements de grelots.

—Par saint Jacques de Compostelle,

mon vénérable patron, je sais bien ce que je dis, et mes yeux me servent assez pour distinguer clairement!

— Allons donc, reprit l'autre cavalier; ce sera quelque renard que notre arrivée aura mis en fuite.

— Dis plutôt quelque bandit qui fait sa dernière promenade nocturne, continua la première voix... Du reste, nous allons savoir ce qu'il en est.

Fabrice se souleva et aperçut deux soldats traînant après eux une douzaine d'individus sales et déguenillés, attachés en chapelet à la queue des chevaux.

— Halte là! s'écria un cavalier.

— Halte là! ou tu es mort! s'exclama l'autre en renchérissant sur l'apostrophe de son camarade; et il dirigea sur l'écolier tremblant la gueule béante de son mousqueton.

Fabrice se laissa tomber les deux genoux en terre, et, joignant les mains d'un air piteux, il balbutia avec peine :

— Grâce ! grâce, messieurs les soldats ; ne me faites point de mal, je suis
un honnête écolier...

— Écolier ! repartit le plus vieux en
riant avec éclat sous sa moustache grise ;
écolier ! le conte. est bon ! tu étudies l'as-
tronomie, sans doute ; car, à moins de
regarder madame la lune et de compter mesdemoiselles les étoiles, je ne vois
pas ce que tu pourrais étudier à pareille
heure.

Les soldats mirent pied à terre.et s'emparèrent de Fabrice Gomez.

— Voyez donc, Pacheco, il prétend
être honnête ! est-ce possible avec une
jaquette ainsi accommodée, et des chausses crottées de la sorte ?

— Si vous saviez comment tout cela
m'est arrivé... murmura Fabrice au milieu des sanglots ; je vous jure...

— Que tu es un maraudeur, continua

le militaire. Tu es précoce, mon gaillard !
Nous allons te mener devant l'alcade
de Pampelune, qui te fera ses compliments empressés et te donnera une demeure moins fraîche que celle-ci, où
tu ne risqueras pas de prendre des en-
torses en courant.

— Allons, en route ! fit Pacheco.

— En route ! répéta la troupe entière,
qui commençait déjà à s'égayer de la
physionomie consternée de l'écolier.

Gomez essaya de résister ; on le plaça
en travers sur la croupe d'un cheval ; et
la caravane se mit en marche.

Cependant, l'alcade de Pampelune
avait reçu la dernière lettre de son fils,
mais comme il avait calculé que la sienne
avait dû arriver avant le départ projeté
de Fabrice, il était paisiblement occupé
à condamner ou absoudre quelques accusés qui embarrassaient les prisons.

Tout à coup la foule se précipita dans

le prétoire avec des cris de joie ; elle précédait une chaîne de vagabonds, et c'était un curieux spectacle pour la population de Pampelune.

Tandis que l'alcade se dépêchait d'entendre la justification des nouveaux venus, il observait l'écolier accroupi dans un coin, et cachant sous son mouchoir sa figure sillonnée de larmes. L'agitation de celui-ci devint encore plus apparente quand arriva l'instant de subir son interrogatoire.

On le poussa vers le banc des accusés.

Quoique l'alcade n'eût pas vu son fils depuis cinq ans, et qu'il ne pût en ce moment distinguer ses traits, il lui demanda d'une voix émue :

— Quel est votre nom ?

Fabrice, tombant à genoux, essaya, sinon de protester de son innocence, du moins de se justifier.

— Ah ! c'est vous, monsieur le drôle...

je m'en étais douté ! s'écria le senor Gomez avec l'accent d'une colère qu'il éprouvait pour la première fois de sa vie ; ah !
c'est ainsi que vous tenez compte de mes
avis et de mes volontés ! ... Si vous étiez
arrivé chez moi, je ne sais pas comment
j'aurais agi ; mais vous vous êtes fait con-
duire devant l'alcade.... eh bien ! tant
mieux ! Je viens d'infliger à chacun de
ces coupables un châtiment proportion-
né à son délit, vous allez avoir aussi le
vôtre, monsieur l'étourdi ! Ah ! vous ai-
mez à vivre en vagabond, vous voulez
errer dans les montagnes, vous souhai-
tez courir sur les grands chemins ! ... vos
vœux seront exaucés !

L'alcade s'assit, appela son greffier, et
lui parla bas à l'oreille ; celui-ci sortit à
la hâte.

Le senor Gomez reprit de plus belle :

— Ah ! vous êtes fatigué du collége !

— Mon père...

— Ah! vous êtes assez savant!

— Daignez m'écouter...

— Ah! vous êtes fatigué du latin !

— Grâce, je vous en supplie...

— Ah! Cicéron vous ennuie, et Tite-Live vous lasse!

— Pardonnez-moi, mon père, pardonnez-moi...

— Non, Monsieur, non, je ne vous pardonnerai pas, et vous allez avoir ce

qui vous convient! Ah! vous ne voulez
pas devenir quelque chose! vous voulez
rester ignorant et inutile à la société pendant toute votre vie! très-bien, monsieur
mon fils, très–bien!

En ce moment le greffier entra, portant sous son bras un paquet qu'il déploya
sur la table de l'alcade.

— Tenez, ajouta le père, prenez ces
souliers solidement ferrés, prenez ces
chausses de futaine brune, c'est très-beau
et très-bon pour parcourir des montagnes; prenez aussi cette besace de toile,
voici du pain noir, et quelques réaux....
Vous allez partir sur-le-champ, sans rentrer dans ma maison; je vous donne un
mois.... Visitez le pays qui vous plaira,
cela ne me regarde plus! Choisissez l'état
que vous voudrez, je ne m'en soucie
guère.

— Mon père, mon père, que vous êtes
cruel! dit enfin l'écolier, qui ne pouvait

résister à la honte d'une pareille scène en présence de tant de témoins.

— Allez, Monsieur, partez! que le ciel vous protége, et dans un mois nous verrons si je puis vous pardonner; cela dépendra de vous.

Fabrice Gomez pleurait et gémissait plus fort que jamais. Il voulut s'approcher de son père pour tenter une dernière attaque à sa tendresse; mais le greffier, obéissant à un geste de l'alcade, emmena Fabrice, et ferma la porte sur lui.

CHAPITRE III.

Quels
accidents dégoû-
tèrent Fabrice Gomez
De la marine où il était entré,
et le forcèrent à chan-
ger de condition.

E brick le *San-
Fernando* cinglait
vers le Mexique;
le ciel était pur
autant que la mer
était calme; la bri-
se qui gonflait les
voiles faisait filer
jusqu'à dix nœuds
à l'heure; la gaieté parcourait tous les

rangs, les chansons animaient tous les visages.

Occupé à balayer l'entre-pont, Fabrice Gomez relevait de temps en temps la tête pour voir cet équipage de matelots hâlés au soleil du tropique, les mains enduites de goudron, le rire toujours sur les lèvres, et grimpant des écoutilles au perroquet, des sabords au cacatois.

En suivant du regard ces manœuvres exécutées avec une promptitude et une précision féeriques au premier coup de sifflet du contre-maître, en écoutant tout ce bruit qui s'élevait autour de lui, en voyant cette activité à laquelle il n'était pas encore habitué, Fabrice se dit qu'il était bien heureux de servir dans l'escadre de sa majesté catholique, le roi de toutes les Espagnes.

La voix du capitaine vint l'arracher à ses réflexions en lui criant :

— Fabrice ! ma lunette marine.

3.

Le novice se hâta d'obéir et monta sur le pont où l'attendait le capitaine, le coude appuyé sur la barre du cabestan.

C'était un vieux loup de mer qui avait passé sa vie entière à naviguer; aussi, toutes ses paroles étaient-elles accueillies par ses matelots comme des oracles plus authentiques que ceux de l'illustre Nostradamus. Depuis quelques instants il était occupé à regarder une tache sombre qui s'enflait rapidement à l'horizon en s'élevant au-dessus des flots, il dirigea attentivement la lunette de ce côté, et s'écria quelques secondes après :

— Mes enfants, nous allons avoir du gros temps avant la nuit : ce calme et ce soleil ne signifient rien , tout cela va disparaître.... Je ne m'y fie pas. Voyez ce nuage qui s'avance tout là-bas.... Prenons-y garde ! il pourrait bien nous jouer un mauvais tour.

Si un autre que le capitaine se fût

exprimé ainsi , à coup sûr, on se fût moqué de lui. Fabrice, qui n'en était encore
qu'à sa première expédition navale, portait alternativement ses regards de l'horizon au visage des matelots qui obser-
vaient silenciensement la marche du
nuage ; il vit bientôt que l'opinion du capitaine était adoptée, alors il se détourna
et fit en cachette un pieux signe de
croix , en se recommandant à tous les
saints du paradis.

Cette prévision ne tarda pas à se réa-
liser : les nuages, s'amoncelant toujours,
s'étendirent avec rapidité; le ciel s'as-
sombrit, la mer se gonfla insensiblement;
une demi–heure après , d'énormes fla-
ques d'eau , chassées par un vent d'une
force extraordinaire, clapotaient sur le
pont du *San-Fernando*..

Le capitaine ordonna de serrer la
grande voile.

—Allons , allons! la bourrasque va ve-

nir.... dépêchez-vous, lambins !.... crochez.... crochez la toile et serrez promptement !...

— Serrez donc ! reprenait le contre-
maître ; faut-il monter pour vous aider,...
tortues à deux jambes ? Larguez les lar-
gue–fonds de grand-voile !... Est–ce que
vous ne m'entendez-pas ? Et le sifflet de
commandement venait en aide à la voix.
En ce moment, le navire éprouva une si
forte secousse de roulis, qu'un des hommes occupés à serrer les ris perdit l'é-
quilibre et vint tomber lourdement à
côté des sabords.

On s'empressa autour de lui ; les soins
étaient inutiles : il s'était tué dans la
chute.

Le contre-maître envoya chercher un
livre de messe, on murmura quelques
prières, puis on enveloppa le cadavre
dans un vieux lambeau de toile, on y attacha un boulet pour le faire couler à

fond, et l'on jeta le malheureux à la mer, qui l'engloutit silencieusement.

— Encore un qui ne répondra pas à l'appel de demain, dit le contre-maître en essuyant une larme du revers de sa main calleuse.

— A présent son tour, ce soir sera le nôtre peut-être, fit le pauvre Fabrice, qui regrettait déjà son école des franciscains.

Pendant que cette triste scène s'accomplissait, le ciel fut complétement obscurci, les flots s'élevèrent en vagues écumantes, le vent sifflait à travers les mâts comme dans une forêt de pins, le tonnerre grondait avec fracas, la tempête régnait dans toute son horreur.

Bientôt les lames passèrent sur le pont, balayant à la fois cordages, cargaison et matelots ; les hommes obligés d'y rester pour travailler étaient attachés par le milieu du corps au pied du grand mât.

Fabrice ne savait plus que devenir, et tremblait de tous ses membres; il se disposait à se réfugier au fond du navire, quand le lieutenant se présenta en disant :

—Quelques hommes aux pompes! nous avons une voie d'eau à la cale..

Le capitaine, comprenant tout le danger de la position, ordonna de tirer le canon d'alarme... Aucun écho n'y répondit. Les efforts des pompes étaient vaincus par la lame qui pénétrait plus furieuse; alors, comme il sentait le navire s'affaisser, le capitaine s'écria :

—La chaloupe à la mer !

— La chaloupe à la mer ! hurla l'équipage.

Cet ordre fut exécuté avec une précipitation qui ne décélait que trop la terreur panique qui commençait à gagner es plus intrépides du bord.

Au moment de l'embarquement, une

lutte horrible s'engagea entre les matelots. La chaloupe était trop petite pour
contenir tous ces infortunés qui voulaient
se soustraire à la mort. Chacun repous-
sait sans pitié celui qu'une heure auparavant il appelait son ami, son frère !

C'était la vie que chacun jouait dans
cette épouvantable partie, qui avait Dieu
pour témoin et l'Océan pour tapis vert !

Une dizaine d'hommes furent renver-
sés dans les flots, qui mirent un terme à
leur misère. A peine le capitaine, qui
était demeuré le dernier sur le gaillard
d'arrière, se fut-il laissé couler parmi ses
marins, que le *San-Fernando* s'entr'ouvrit et disparut sous les vagues. Quelques minutes après, on apercevait seulement l'extrémité du perroquet, qui agitait
encore sa flamme aux couleurs espagnoles.

Au milieu de cette confusion, Fabrice
avait été assez heureux pour pouvoir

s'élancer des premiers dans le canot sauveur, aussi s'y était-il installé avant que personne ne songeât à lui disputer sa place.

La tempête continua en les poussant ainsi dans l'obscurité. Un morne silence régnait parmi les naufragés; de temps en temps on entendait murmurer une ardente prière.

—Pitié, Seigneur! disait l'un.

—Mon Dieu! mon Dieu! sauvez-nous! criait un autre.

—Oh! la vie! la vie! reprenait un troisième; si vous me rendez la vie, ô Vierge sainte! je jure d'aller à la chapelle *del Monte* pieds nus, le front découvert, les reins serrés d'une corde, porter un cierge qui brûlera pendant un mois entier devant votre image vénérée... La vie! la vie!

Et ceux qui parlaient ainsi dans ce moment solennel étaient ceux-là même qui, d'ordinaire, étaient les plus impies, et prononçaient les paroles du scepticisme le plus grossier.

Oui, l'homme est ainsi fait ; étouffant la noble essence dont il a été créé, il détruit chaque jour l'œuvre de Dieu pour se précipiter dans la fange. L'homme est quelquefois si égaré dans sa vanité, qu'il croit se grandir en osant récuser toute

puissance au-dessus de la sienne. Mal-

heureux! qui ne comprend pas que se
dire fils du hasard, c'est nier la lumière,
c'est nier le souffle sacré qui nous anime !
Eh bien! cet homme si vantard dans le
calme de la vie, si audacieux envers le
ciel quand il le voit pur et calme, cet
homme est toujours le premier à trem-
bler si le tonnerre gronde, le premier
à crier merci en levant les bras vers
Dieu, si la mort s'avance pour le saisir.
Alors son orgueil disparaît, et sa lâcheté
se montre; il se fait bien petit, courbe le
front vers la terre, se frappe la poitrine
avec ferveur. Il comprend qu'il y a un
être plus puissant que lui, puisque ce
Dieu peut lui ravir une existence que
lui, homme si vain, n'a pas le pouvoir
de ressaisir.

Pitié, enfants! pour ces fous qui éta-
lent impudiquement le cynisme de leur
incrédulité ! Fuyez quand vous entendez
ces paroles affreuses qui sortent de leur

bouche sacrilége; fermez vos oreilles, qu'elles ne soient pas souillées dans leur candeur virginale.

Fabrice n'avait jamais douté; aussi était-il peut-être, malgré ses fautes, celui qui devait attirer sur tous le pardon céleste. Il baisait avec ferveur une petite croix d'argent que sa mère lui avait attachée au cou avant de mourir, et qu'il n'avait jamais quittée depuis cette triste journée : il avait foi dans cette relique doublement vénérable; et le jeune marin avait raison, car le souvenir d'une mère est un talisman qui porte bonheur à ceux qui savent le conserver religieusement.

La nuit durait toujours, les éclairs sillonnaient la nue. La pluie avait cessé, mais le vent conservait toute sa violence. Le malheureux équipage du *San-Fernando* reconnaissait, aux tiraillements d'estimac douloureux et à une extrême faiblesse éprouvée dans tous les organes, que plusieurs jours s'étaient écoulés.

Cette position était affreuse. Le navire s'était si promptement englouti, que personne n'avait eu le temps de songer à rien sauver.

C'eût été un spectacle horrible à voir : tous ces hommes qui ne priaient même plus, la tête courbée sur la poitrine, se laissant aller sans force l'un sur l'autre, et persistant malgré eux à une pensée de suicide, tant l'homme tient à la vie quand il sent qu'il va la perdre !

Tout à coup Fabrice, qui portait un dernier regard vers sa patrie, se releva en criant d'une voix étouffée :

—Mes amis, une voile à l'horizon !

Cette exclamation produisit l'effet d'une décharge électrique, et ranima ces cadavres vivants; ils bondirent tous en tournant leurs yeux hagards du côté que désignait Fabrice ; alors, chacun rappelant son énergie, agita son mouchoir au bout de son bras décharné.

— A nous!

— Au secours! au secours!

On vit, après un instant de silence solennel, un éclair se détacher sur le flanc
noir du navire, puis on entendit la déto-
nation lointaine d'un canon.

—Sauvés! nous sommes sauvés!

—On nous a aperçus, dit le capitaine;
merci, mon Dieu!

Deux heures après, le commandant
des *Deux-Sœurs* les avait pris sur son
bord, et remettait le cap sur Marseille.

Arrivés au terme du voyage, les naufragés débarquèrent sur le quai Saint-
Jean, devant le marché aux poissons.

Il y a à Marseille, dont nous vous ferons l'historique abrégé dans notre prochain chapitre, une classe de femmes
qui a su conserver jusqu'à nos jours un
fanatisme de bienfaisance et de charité
qui rachète aisément cette brusquerie et

4.

cette colère ardente que l'on reproche si souvent aux peuples méridionaux.

Le quartier Saint-Jean, qui fait partie de la *Vieille-Ville*, a une physionomie particulière;·il n'est habité que par des pêcheurs. Les hommes vont remplir leurs filets ou leurs piéges à thon dans cet immense lac méditerranéen, et les femmes se chargent du débit de la pêche. Un rien suffit pour blesser la susceptibilité de cette population vivant au milieu d'un autre peuple; on en vient aux mains pour une futilité avec autant d'acharnement que s'il était question de défendre son honneur ou sa vie. Heureusement, cette grande sensibilité s'étend jusqu'à l'infortune. Le Marseillais ne conçoit rien avec calme, il s'enthousiasme pour tout ce qu'il fait; ce qui ne parle pas vivement à son imagination ou à son cœur, il ne l'entreprend jamais.

Il n'y a pas de ville au monde où le

culte de la charité soit proclamé si haut.
Un exemple : qu'un soldat soit condamné
par le conseil de guerre pour désertion
ou même pour vol, et qu'il passe, en se
rendant à la citadelle, devant la halle aux
poissons, à peine est-il aperçu que deux
des marchandes se lèvent, quittent leur
banc, confient leur denrée aux voisines,
et marchent en avant du cortége, en
criant de tous leurs poumons dans ce
patois si poétique à travers sa rudesse :

— Braves gens, donnez quelque chose
au pauvre prisonnier !

Et les gros sous, et les pièces d'argent
pleuvent de tous côtés dans leurs tabliers
de bure ; les passants s'arrêtent, les fenêtres s'ouvrent, et l'aumône arrive de
tous les étages. Puis, parvenus au fort
Saint-Nicolas, les quêteuses embrassent
le condamné, comme de bonnes mères,
et lui remettent le produit de la charité
publique qu'elles ont si bien provoquée.

Ceci se passa exactement pour les naufragés du *San-Fernando*.

Quand on les vit descendre tristes, à
demi vêtus, on eut bientôt appris leur
histoire. Plusieurs de ces femmes se ré-
pandirent dans la ville, en criant ce la-
mentable récit qui attendrissait tout le
monde, tant ces *dames patronesses* en
cotillon de laine avaient d'entraînement
dans la prière, de conviction dans la
demande.

Le soir, la recette fut scrupuleusement
partagée entre tous ces frères d'infortune,
et chacun d'eux alla s'établir dans une
modeste hôtellerie de la ville haute.

Ce soir-là, Fabrice Gomez, l'ex-écolier
de Barcelone, le fils de l'alcade de Pampelune, à qui rien n'eût manqué à la
maison paternelle, mangea le pain de
l'aumône.

CHAPITRE IV.

Fa-
brice Gomez
se lasse de peindre
les enseignes des tavernes
du quartier de l'E-
veché.

VANT de rejoin-
dre notre héros,
nous allons te-
nir la promesse
que nous avons
faite ; nous di-
rons quelques
mots de Mar-
seille, cette ville
qui, par sa position admirable et son com

merce prospère, occupe une place si importante dans les intérêts et les ressources de la France.

Quelques aventuriers, partis de Phocée, ne sachant où leur barque devait s'arrêter, se laissèrent pousser par les vents, qui les jetèrent sur une rive dont le sable brillait au soleil comme de la poudre d'or. Ils entrèrent dans un port creusé par la nature, à travers deux énormes rochers protecteurs qui penchaient sur la mer leurs bouquets odorants de thym et de genêts à boutons jaunes, comme aux pieds de l'Ossa et du Pélion; les voyageurs se crurent encore dans leur poétique patrie; ils adoptèrent ce rivage et y élevèrent des cabanes.

Maintenant, si nous voulons vous apprendre comment cette peuplade s'accrut, comment ce bourg devint cité, nous ne pourrons le faire d'une manière certaine. Ainsi que toutes les villes dont

l'origine se perd dans la nuit des temps,
l'accroissement de Marseille est enve-
loppé de récits fabuleux au milieu des-
quels on n'ose faire un choix, retenu
par la crainte de commettre une grave
erreur.

S'il est vrai, comme l'a dit quelque
part un savant archéologue, que les monuments soient les annales des généra-
tions, cette inscription que nous rencon-
trons doit nous présenter l'analyse de
son développement et de sa splendeur.

MASSILIA, PHOCEENSIUM FILIA,
ATHENARUM ÆMULA, ROMÆ SOROR.

*Marseille, fille de Phocée, émule d'Athè-
nes, sœur de Rome.*

Ce peu de mots suffisent pour nous expliquer que Marseille, grecque d'origine,
eut ses savants et ses sages professant
au milieu des écoles, comme Athènes la

ville des sciences, puis adopta les mœurs guerrières, les spectacles sanglants du cirque, et les faux dieux de l'Italie, lorsque César, conquérant les Gaules, la lia pour ainsi dire aux intérêts de la ville de Romulus.

Au commencement du cinquième siècle, Marseille fut envahie par les Goths; les Bourguignons vinrent ensuite et précédèrent à leur tour les Visigoths, qui avaient répandu leurs innombrables phalanges dans tous les champs des Gaules et sur les terres des Francks. Clovis survint : les deux armées se trouvèrent en présence et se combattirent avec acharnement. Alaric fut tué de la main même de Clovis, qui entra triomphalement dans la ville, couvert du sang du vaincu.

Tandis que la peste, l'incendie et des dissensions intérieures ravageaient Marseille, les Lombards voulurent l'assiéger. Les comtes d'Arles tirèrent leur épée

protectrice et l'étendirent sur Marseille ;
ces mêmes comtes finirent par en devenir
souverains héréditaires, après n'avoir
porté longtemps que le titre de gouverneur. Le dernier comte de Provence,
Charles du Maine, à qui elle s'était don-
née, la légua à Louis XI, roi de France.
Dès ce moment elle fit partie du royaume.
Lorsque Henri III lança son édit contre
les protestants, elle résista énergique-
ment, jusqu'à ce que la conspiration de
Libertat la soumit de nouveau au sceptre
du roi de France.

En 1720, un cruel fléau vint décimer la
ville, et fournit à tous les grands caractères
qu'elle renfermait, l'occasion de montrer
ce qu'il y avait de générosité et de dévouement dans leur âme. La peste enleva qua-
rante mille habitants ! Cette fatale conta-
gion a éternisé les noms de l'évêque de
Belzunce et du chevalier Rose, qui présida
jusqu'à la fin à la sépulture des pestiférés.

Aujourd'hui, Marseille est, pour tous ceux qui l'ont examinée avec attention, la seconde ville du royaume ; tous les drapeaux flottent dans son port, tous les costumes se heurtent sur ses quais de briques, tous les langages se croisent sur ses places. Pendant que Saint-Domingue était une possession française, les ports de cette colonie regorgeaient de vaisseaux marseillais. Le commerce du Levant était aussi un de ses priviléges ; à présent, elle est en relation avec tous les points du globe ; la pêche de la baleine ne lui est même plus étrangère ; l'Espagne, l'Italie, la Suisse, l'Allemagne, les Pays-Bas, sont tributaires de son commerce ; enfin, Marseille est l'entrepôt de l'Afrique, et peut-être un jour sera-t-elle celui du monde entier.

Telle est l'histoire abrégée de la ville où Fabrice Gomez avait été jeté nu et dépouillé par la fortune.

Certes, dans une cité qui offre tant
de ressources, il est impossible de ne
pas trouver de quoi vivre, pour peu
qu'on ait un cœur courageux et des bras
qui ne se rebutent pas devant un travail
rude et fatigant.

Le besoin est un tyran absolu qui vous
impose toutes ses volontés, rigueurs
devant lesquelles il faut se plier et obéir
sans murmurer : c'était une nouvelle
leçon réservée à Fabrice, qui ne se dou-
tait guère que la vie fût un chemin où les
larmes sont plus fréquentes que les sou-
rires, où l'on trouve bien plus de misères
que de joies parfaites.

Une semaine après son arrivée, l'équipage de *San-Fernando* se réunit pour accomplir le vœu fait en mer. A peine le
jour commençait-il à éclairer la campagne, que les marins se mirent tous en
marche vers *Notre-Dame-de-la-Garde.*

Cette petite chapelle, enclavée dans un

fort qui date de Henri III, est une basi-
lique des plus curieuses qu'il soit donné
au voyageur de visiter. Depuis les dalles
de marbre jusqu'aux rosaces de la voûte,
les murs sont recouverts de lambeaux de
câbles, de fragments d'ancres, de bé-
quilles, et de tableaux nommés *ex-voto*,
qui rappellent de grands malheurs dont la
protection de la Vierge a empêché le
funeste accomplissement. Au cintre, sont
suspendus des navires tout mignons,
avec leurs mâts et leurs voiles, ouvrage
des matelots qui se souviennent pendant
le calme du serment fait durant la
tempête; au fond, se trouve l'autel, surmonté de l'image colossale et en argent
de la Vierge, devant laquelle brûlent
toujours des faisceaux de cierges blancs,
que la reconnaissance ou la douleur
vient y allumer. Les jeunes époux qui
souhaitent une union heureuse, la vieille
mère qui redoute le jour où son fils devra

partir pour l'armée, le malade qui revient à la vie après des tortures qui avaient ravi l'espérance à sa famille... tous ces fidèles religieux à la Vierge s'y rencontrent à chaque instant.

Nous avons vu que Fabrice Gomez, dans l'éducation si précieuse qu'il recevait chez les frères franciscains de Barcelone, avait aussi cultivé la peinture; il s'en souvint, et pour rendre hommage à la Providence, qui n'avait point abandonné les marins, il dessina au pastel le naufrage horrible auquel ils avaient échappé. Dans un coin du tableau apparaissait la Mère de Dieu, tenant dans ses bras son fils bien-aimé qui étendait ses petites mains vers les naufragés.

Tous les matelots étaient pieds nus; le vieux contre-maître marchait en tête, portant sur son épaule un énorme cierge; Fabrice venait après lui tenant son *ex-voto*. Quand la troupe eut traversé le pont-

4.

levis qui conduit à l'église, on entonna
d'une seule voix ce magnifique cantique :
Magnificat anima mea Dominum!

Le chapelain arriva, reçut l'offrande
des matelots et commença l'office divin.
Tout le monde allait se retirer, quand
un étranger qui parcourait du regard ces
ébauches de grossière peinture, s'arrêta
devant le pastel de Fabrice, et dit assez
haut pour que l'auteur pût l'entendre :

— Ceci n'est vraiment pas mal !

Cette exclamation fut un trait de lumière pour l'écolier ; sa résolution fut
dès lors arrêtée : il devait être peintre.

A quelques jours de là, les matelots
étaient embarqués de nouveau, et par-
taient qui pour l'Espagne, qui pour le
Sénégal, ceux-ci pour les Indes, ceux-
là pour la côte de Guinée.

Fabrice seul était resté à Marseille :
un songe était venu caresser de son aile
dorée sa jeune imagination, et il avait

rêvé la gloire du peintre; mais la faim lui fit sentir avec son aiguillon impitoyable qu'il fallait être ouvrier et non artiste. Il se résigna donc, le pauvre enfant!

Un barbouilleur d'enseignes le prit chez lui et lui donna à peindre, du matin au soir, des devantures grises de barbier ou des jalousies vertes de petits campagnards.

De temps à autre, et c'étaient les uniques distractions artistiques qui lui arrivaient, on le chargeait d'exécuter l'enseigne d'un cabaretier ou d'un boucher; mais quand il avait tracé sur un mur une bouteille entre deux gobelets, on trouvait que c'était trop de luxe. L'art du décor, dans ce quartier et à cette époque-là, consistait à écrire, sans trop d'orthographe, sur la façade de la maison :

MAÎTRE TASTALOU, CABARETIER.

Les plus hardis se risquaient à aller jusqu'à cette facétie décevante :

AUJOURD'HUI ON PAIE ; DEMAIN, GRATIS.

Vous conviendrez que cet état n'était guère plus brillant que celui de scieur de bois ou de gâcheur de plâtre...

Mais la faim, la faim !

Qu'il était changé aussi ce jeune homme, peu de temps auparavant si joyeux et si confiant dans l'avenir ! Ces belles couleurs roses qui brillaient jadis sur ses joues, avaient fait place à la pâleur terne et fiévreuse de la misère ; ses yeux avaient perdu cet éclat, cette vivacité, qui dénotaient l'intelligence ; ses membres étaient amaigris à faire pitié ; il vieillissait avant l'âge.

Qu'était devenu le temps où, après quelques heures d'études profitables à lui-même, il se livrait avec ses camarades à ces jeux si chers et si utiles à la jeunesse, et qui lui valaient toujours un nouveau plaisir ?

Quelle différence dans sa manière de vivre !

Le matin, il se levait avant le jour, ouvrait la boutique de son maître, la balayait, mettait tout en ordre, et remplissait les pots de couleurs, puis il commençait sa journée qui finissait bien tard. Son pain n'était souvent arrosé que des larmes du regret ; et le soir, quand, harassé, épuisé, au bout de ses forces, il lui était permis de fermer l'œil, c'était dans un grenier et sur un grabat qu'il allait chercher un sommeil qui fuyait sa paupière.

Ce métier finit par lui paraître encore plus pénible que le premier. Dans ses moments de découragement, la mort du marin lui paraissait plus douce que la vie qu'il menait : aussi était-il fermement résolu à quitter ses pinceaux dès que l'occasion se présenterait.

Elle ne tarda pas à s'offrir, comme nous allons le voir.

Son maître l'avait envoyé dans un petit

village de la côte pour illustrer la devan-
ture de la gargote d'un dessin représentant un énorme requin couronné de ces
mots :

AU ROI DES MERS !

Fabrice était monté sur son échafau-
dage, et sifflait, tout en travaillant, pour
chasser les pensées qui l'assiégeaient en
foule, quand il vit arriver trois mili-
taires.

Le plus vieux était sergent.

Les deux autres avaient à peine vingt
ans : c'étaient des recrues ; ils chantaient
tous les trois à faire envoler les oiseaux
de la contrée ; ils franchirent lestement
la porte du jardin et s'attablèrent sous
une charmille.

Le sergent demanda à boire en accompagnant sa requête de nombreux coups
de poing sur la table. Puis , pendant
qu'on s'empressait de le servir, il parlait

à ses compagnons, qui riaient à donner

des regrets à Fabrice de ne pouvoir les imiter.

La voix n'arrivait pas distinctement jusqu'aux oreilles du peintre d'enseignes, mais il entendait très-bien les éclats joyeux des deux jeunes gens; il se prit à envier cette gaieté.

Le sergent qui égayait ainsi ses commensaux par le ton jovial de ses propos joyeux, était un *racoleur*.

Il est bon de vous dire ce qu'était un racoleur.

Il y avait à cette époque des sergents
qui parcouraient les places et les carre-
fours, s'installaient dans les cabarets ou
les auberges, et engageaient la conversation avec les jeunes gens oisifs; ils
avaient une telle habitude de ces sortes
d'exploits, que l'offre d'un broc de vin
ne se faisait pas attendre.; un second suivait, puis un troisième, et quand la raison des buveurs commençait à déloger,
le sergent, qui avait ménagé sa tête,
vantait les douceurs de la caserne, la
gloire dont on pouvait se couvrir, les
galons que l'on devait gagner. A les entendre, c'était le roi des métiers. Et les
étourdis se laissaient si bien aller, les
pauvres allouettes étaient si complétement fascinées par le miroir trompeur
qu'on leur présentait, que le racoleur se
retirait rarement de la partie sans avoir
arraché au trop confiant jeune homme un engagement qui enchaînait sa

liberté pour de nombreuses années.

Le travail de Fabrice étant terminé, il descendit de son échelle et passa à côté des buveurs.

— Ohé ! ohé ! lui cria le sergent, monsieur le Raphaël au lait de chaux ! Est-ce la portraiture d'un de tes illustres parents que tu viens de nous barbouiller là-haut?

Cette nouvelle facétie fut accueillie par les deux recrues avec une bouche béante de béatitude ; ils semblaient écouter par la gorge.

Fabrice feignit de ne pas entendre et passa outre.

— Dis donc, blanc-bec, reprit le sergent en frisant sa moustache, quand le militaire veut bien adresser la parole au bourgeois, celui-ci lui doit une réponse.

— J'ai pour habitude, riposta Fabrice avec calme, de n'en pas faire aux impertinences.

— Holà ! monsieur Volcan, fit le recruteur tout ébahi, tu parles comme un brave, et je t'estime *foncièrement;* tu ne t'es pas laissé intimider. C'est très-bien. Fais-nous l'amitié d'accepter un verre de ce petit vin blanc de Cassis qui n'est pas sans mérite.

— Sergent, je vous remercie de votre offre; je n'ai pas soif.

— Ça se boit sans soif. Est-ce que tu garderais rancune, par hasard? ça serait d'un vilain caractère. D'abord, si tu boudes, c'est que tu te considères comme offensé, et je me vois alors dans la cruelle nécessité de pratiquer une ouverture à ta veste. Et, foi de Rodomont! ça me peinerait, car la pauvre diablesse est assez fatiguée comme cela.

Fabrice, voulant mettre un terme à ce déluge de lazzi qui lui allaient droit au cœur, se décida à accepter. Il n'était pas encore assis, que le cabaretier, le bonnet sur l'oreille et le nez au vent, se présenta portant triomphalement un grand plat de soupe au poisson, appelée bouille-abaisse, parfumée de thym et de safran, autant qu'elle séduisait par sa couleur dorée.

Le sergent ne voulut pas rester en si beau chemin de galanterie, et invita le peintre à prendre part au banquet.

Depuis longtemps Fabrice ne s'était assis devant un déjeuner passablement servi; cette seule considération le détermina à accepter.

Au milieu du repas, le sergent avait entamé la conversation sur l'état militaire. Au dessert, Fabrice n'hésitait plus.

Un heure après, il avait signé son engagement et devenait le compagnon d'armes des recrues qui payaient le régal.

Le soir, Fabrice Gomez alla dire adieu à son maître, coucha une dernière fois dans le grenier du peintre, puis, à la pointe du jour, il le quitta pour n'y plus rentrer.

CHAPITRE V.

Comme
quoi Fabrice
Gomez finit par s'en=
nuyer du pain de munition et
des douceurs du lit
de camp.

NE semaine après la scène qui s'é-tait passée dans le jardin de l'au-berge provençale, Fabrice Gomez avait revêtu l'uni-forme du régi-ment de Dau-phiné, et se dandinait fièrement en traversant la foule qui admirait sa bonne mine. En effet, le frac blanc à retroussis bleu-de-ciel faisait ressortir la grâce et la distinction de sa tournure, et la poudre qui couvrait ses cheveux adoucissait les traces que le chagrin avait faites sur son visage.

Fabrice en était au prélude de la vie militaire; il n'était encore que soldat amateur; point de service à faire, libre du matin au soir, pour lui, tout se résumait à ceci : il avait un sabre à sa ceinture, un bel habit sur ses épaules, et inspirait, à son tour, une certaine vénération aux bourgeois.

Bientôt il fallut se mettre en marche pour rejoindre le corps dont il faisait partie : le sergent Rodomont avait assez enrôlé de recrues, il les réunit un matin et donna l'ordre du départ.

La petite troupe, composée d'une vingtaine d'individus, quitta Marseille, et Fabrice apprit une nouvelle manière de voyager qui ne lui était pas familière ; il fut obligé de piétiner dans la poussière, sans pouvoir s'arrêter quand la fatigue le gagnait.

Si les jambes de quelques-uns se refusaient à suivre le pas des plus vigoureux, la voix rude du sergent les stimulait avec sévérité.

—Allons, les traînards ! marchez donc, poules mouillées ! Hum ! si c'était l'heure de la gamelle, vous seriez plus pressés d'arriver...

Et mille autres propos de ce genre, qui n'enchantaient guère les nouveaux soldats. Alors, il faisait changer de front, et ceux qui tantôt restaient un peu en arrière, se trouvaient tout à coup à la tête de la colonne, et se voyaient forcés d'allonger le pas, s'ils ne voulaient se sentir monter sur les talons.

Après plusieurs jours d'une marche pénible, ils parvinrent à leur garnison.

Cette route fort longue ne s'effectua pas
sans ennuis. En effet, à peine arrivés à
l'étape, on courait chercher les billets
de logement, puis on traversait la ville en
tous sens pour découvrir la maison de
l'habitant condamné à donner l'hospitalité.

L'accueil qu'ils recevaient n'était pas
toujours gracieux; pour un qui les traitait avec bonté, ils en rencontraient dix
qui les regardaient comme un impôt fort
onéreux. A peine remis de la fatigue du
jour, on recommençait le lendemain cette
marche pénible, par un soleil qui pesait
perpendiculairement sur leur tête.

Si tous les ennuis de l'état n'eussent
pas dépassé ce cercle, Fabrice n'aurait
pas été trop à plaindre, car ce n'eût été
qu'un temps d'épreuve terminé le jour
où il aurait mis le pied à la caserne.

Mais point; c'était là précisément que
les fatigues les plus dures l'attendaient.

Lui, qui avait eu des domestiques pour le servir, se vit contraint, à son tour, d'être le serviteur de toute la compagnie: balayer la chambrée, faire la cuisine, aller aux provisions, étaient des corvées qu'il n'avait jamais soupçonnées. Quand il ne se trouvait pas de semaine, un service tout aussi pénible lui tombait en partage; alors il fallait nettoyer ses armes, passer les inspections des officiers, les revues du colonel, monter la garde par la pluie, être en faction sur une terrasse dévorée par le soleil, ou sur les bords d'une rivière gelée...

Voilà, à peu de chose près, le résumé de son existence depuis son arrivée au régiment, et, pour toutes ces peines, pour cet esclavage, et cette obéissance passive aux roulements du tambour, que lui restait-il?

—Rien... un sou par jour!...

Le sergent Rodomont lui avait pourtant promis une véritable vie de prince.

Il devait se promener du matin au soir. . S'il le faisait, c'était un fusil au bras et un sac sur l'épaule!...

Il espérait un ordinaire succulent...

C'était un régime de chartreux!...

Il pensait être son maître...

Tout le monde était le sien!...

Il croyait arriver promptement...

Et il voyait son habit s'user sans qu'un simple galon de laine vînt l'orner!

Combien il avait été trompé!

Aussi, chaque fois que le racoleur qui l'avait entraîné dans cette résolution fâcheuse se présentait à lui, Fabrice éprouvait un dégoût profond, et sentait sa tête troublée par la tentation de lui chercher querelle. Mais la discipline militaire était là pour refouler son épée dans le fourreau, et sa colère dans son âme.

Autrefois, l'état de soldat était bien

plus précaire qu'aujourd'hui ; car à présent, si les lois sont sévères, elles sont au moins justes et impartiales. Les chefs ne rudoient pas les soldats sans motifs, et prennent garde que leurs paroles ne blessent le caractère des hommes qu'ils commandent. Ils ordonnent avec dignité, et n'injurient plus.

Une nuit que Fabrice était de garde, le sergent, qu'il devait considérer comme son mauvais génie, commandait précisément le poste. Contraint d'être toute la journée face à face avec cet homme dont la vue aigrissait son âme, il avait été assailli par mille pensées diverses. Voulant les chasser loin de lui, il tira de son sac un petit livre qu'il avait acheté de ses économies lentement amassées : c'étaient les *Géorgiques* de Virgile ; il se mit à les lire attentivement.

Fabrice était entièrement plongé dans cette lecture attachante quand sonna l'heure à laquelle il devait prendre sa faction.

Fabrice ne l'entendit pas.

— En faction ! cria Rodomont.

Le lecteur demeura à califourchon sur son banc.

— Eh bien! Fabrice, bougeras-tu?

Étranger au bruit qui se faisait autour de lui, il ne prêta pas plus d'attention à la nouvelle interpellation du sergent. Ce que voyant, celui-ci s'avança et lui asséna un coup de poing dans les épaules, en criant à son oreille :

— Ah ! savant de malheur, veux-tu quitter ton bouquin et prendre ton fusil?

— Brutal! murmura entre ses dents le soldat offensé.

— Hein! tu raisonnes, je crois... c'est bien : tu vas aller d'abord te promener pendant tes quatre heures de faction, et, ensuite, pour te réchauffer du froid de la nuit, je t'enverrai à la salle de police.

— Pensez-vous effacer la grossièreté de vos manières en commettant une in-justice?

—Ah ! tu fais le rageur ! alors c'est au cachot que nous te mettrons... Tu auras le temps, pendant les huit jours que tu y passeras, de calmer cette grande colère, monsieur Vésuve.

—Sergent, s'écria Fabrice, rouge d'in-dignation à ce nouvel abus d'autorité, si vous aviez du cœur sous votre baudrier, vous ne parleriez pas comme vous le faites, et demain vous quitteriez vos ga-lons pour vous trouver avec moi dans les fossés de la ville.

— Oui dà ! beau peintre de requin ! il faudrait que tu en valusses la peine.

— Rodomont, vous êtes un lâche ! fit en éclatant Fabrice, que le sang-froid dé-daigneux de son interlocuteur révoltait ; et puisque vous m'injuriez avec droit d'impunité, je veux me venger devant

mes camarades... Je sais à quoi je m'ex-
pose... tant pis., j'en subirai les conséquences sans me plaindre ; mais vous
aurez été insulté publiquement !

Et ne pouvant se maintenir, il s'élança
vers son supérieur, lui arracha une
épaulette et la foula aux pieds.

— Malheureux ! dit le sergent en portant la main à son sabre, puis se ravi-
sant : Qu'on conduise cet homme en
prison.

— Je te l'ai bien dit, Rodomont, que
tu n'étais qu'un lâche !

Tandis que quatre hommes, tous at-
tristés d'une telle mission, emmenaient
l'imprudent Fabrice, le sergent se mit à
rédiger son rapport.

L'affaire fut promptement instruite :
quelques jours après, le soldat insurgé
passa devant un conseil de guerre.

La contenance que Fabrice garda en
présence de ses juges était faite pour lui

7

concilier leur estime ; le calme qu'il garda
laissa distinguer à l'aise cet air de douceur
empreint sur sa physionomie , si bien
que chacun se disait que ce jeune homme
devait avoir été provoqué par la brutalité
du sergent.

Les soldats du poste furent entendus
comme témoins ; tous racontèrent la scène
telle qu'elle s'était passée.

Cependant , malgré la conviction du
tribunal , malgré les dépositions favorables de tout le monde , le rapporteur
soutint l'accusation et termina son réqui-
sitoire en demandant l'application du
maximum de la loi : la peine de mort !

Fabrice prit la parole et se défendit lui-
même ; son plaidoyer fut court, sage et
mesuré.

Quand l'accusé eut fini, le conseil se
retira... Les quelques minutes qui s'é-
coulèrent pendant la délibération furent
mortelles pour Fabrice. L'incertitude est

souvent plus cruelle que le malheur qui nous frappe.

Enfin, on vint prononcer l'arrêt.

Atteint et convaincu d'avoir insulté son supérieur et de s'être porté envers lui à des voies de fait, mais avec des circon-stances atténuantes ; il fut condamné à passer par les verges.

Fabrice se fit répéter sa condamnation; tout son sang avait reflué vers ses oreilles, et il n'avait rien pu distinguer dans la formule du jugement. Quand il eut com-pris, il se renversa sur son banc et, se cachant le figure dans ses deux mains, il murmura en sanglotant :

« La mort! la mort plutôt! »

Le lendemain, dès l'aube du jour, on vint le prendre dans son cachot et on l'amena sur une place où sa compagnie était réunie.

A son arrivée, les tambours battirent aux champs, comme pour la venue d'un maréchal : on relut de nouveau la sentence de Gomez, et on le dépouilla de son uniforme.

Les soldats avaient formé un double rang de faisceaux avec leurs fusils, et chacun se tenait une verge à la main devant son arme. Fabrice traversa trois fois cet étroit défilé, s'arrètant à chaque pas pour recevoir les coups de ses camarades.

Une seule circonstance suffit pour lui faire endurer son supplice avec courage: le sergent Rodomont, consigné à la caserne, par ordre du colonel, ne jouissait pas de sa vengeance.

Quand l'arrèt fut exécuté, un chirurgien lui appliqua une médication sur les épaules, et tout fut dit.

Aussitôt que les blessures de Gomez ne laissèrent plus de traces, il se rendit chez son colonel.

—Vous voilà, Fabrice... Vous avez été

bien imprudent, lui dit celui-ci avec bonté.

— Et bien malheureux, mon colonel.

— C'est à vous de faire oublier ce que votre conduite eut d'inconsidéré et de pénible dans ses conséquences.

— Quand un homme survit à une condamnation pareille, la réhabilitation est difficile.

— Ne vous découragez pas, Gomez... Vous avez du cœur.

— Je viens vous le prouver, mon colonel, et c'est dans vos mains que je remets mon honneur.

— Expliquez-vous, fit le colonel en l'écoutant avec attention, ne comprenant pas où le soldat voulait en venir.

— Une expédition se prépare; notre régiment n'est pas désigné comme devant marcher à l'ennemi; je vous supplie, mon colonel, de vous employer pour me faire entrer dans un corps appelé à combattre... C'est sur le champ de bataille, au milieu du feu, que je veux me racheter de la honte qui pèse sur moi.

— Bien, Fabrice! votre vengeance est digne d'un soldat. Cette résolution vous honore, et je vous donne ma parole de gentilhomme que je vais m'occuper de vous.

Fabrice avait les larmes aux yeux et se serait volontiers jeté au cou de son colonel, mais la discipline lui défendait même de témoigner sa reconnaissance d'une manière expansive.

Le colonel tint si bien sa promesse, que quelques jours après Fabrice était à l'armée.

Dès la première affaire à laquelle il assista, il se battit en brave, et étonna tout le monde par son audacieuse intrépidité. Le lendemain, il fit partie d'un détachement chargé d'aller enlever une redoute vigoureusement défendue. Tandis qu'ils avançaient vers les assiégés, la mitraille balayait les rangs avec une promptitude effrayante; à chaque instant, ceux qui survivaient étaient obligés de se serrer l'un contre l'autre pour fermer les brèches que la mort ouvrait dans les carrés.

Tout à coup, Fabrice Gomez poussa un cri et tomba à la renverse; un biscayen l'avait atteint à la hauteur de l'épaule, et lui avait brisé la clavicule.

Heureusement la redoute fut enlevée, et l'on put s'occuper de donner la sépulture aux morts et des soins aux vivants. Fabrice fut porté à l'ambulance, où des souf-frances horribles le retinrent longtemps.

Lorsque tout danger fut passé, le docteur lui fit sa dernière visite, l'examina avec une attention prolongée, et déclara qu'il était désormais incapable de servir.

Fabrice reçut donc son congé.

La manière distinguée dont il s'était

conduit lui valut une indemnité de route
qui devait le mettre à l'abri du besoin
pendant quelque temps.

Quand il se trouva libre, il jeta un
coup d'œil rapide sur les événements
qui s'étaient accomplis depuis l'instant
où il avait quitté l'école de Barcelone ; il
vit avec frayeur que huit années s'étaient
écoulées, et qu'il n'avait plus reçu de
lettres de son père qui l'aimait tant, et
à qui il avait causé tant de larmes... il
s'arrêta, et s'asseyant sur un tas de
pierres qui bordaient la route, il se mit
à sangloter en murmurant :

— Oh ! l'Espagne, l'Espagne !... retourner à Pampelune, revoir mon vieux
père, me jeter à ses pieds comme l'enfant
prodigue, et lui crier : Pardon, j'ai bien
souffert, je ne vous quitterai plus... je
ne vous abandonnerai jamais, je soi-
gnerai votre vieillesse... je réparerai par
un culte pieux toutes les douleurs que je

vous ai causées... Oh! oui, oui! mon Dieu! c'est le seul bonheur que je vous demande, ne me le refusez pas! n'ai-je pas assez expié ma faute?... Mon Dieu, ayez pitié de celui qui se courbe devant vous, qui met le front dans la poussière et vous dit · j'ai mal fait, et je m'en repens...

Il tira de son sein sa petite croix d'argent et la dévora de baisers.

En ce moment, le soldat qui l'avait porté à l'ambulance sur ses épaules, se promenait non loin de là, il aperçut Fabrice et vint à lui.

—Que fais-tu, Gomez? lui demanda-t-il tout surpris du désordre où il le voyait.

— Je prie et je pleure.

— Prier, c'est bien, cela porte bonheur... mais pleurer... Où vas-tu ainsi? ajouta-t-il avec amitié.

— A Pampelune, embrasser mon vieux père...

— Pars vite... et bonne chance, ami !

Les deux soldats se pressèrent sur le cœur et se quittèrent, l'un pour retourner au camp, l'autre pour rejoindre le toit paternel.

CHAPITRE VI.

Dou-
leur imprévue
réservée à Fabrice Gom z,
nouveau dénue=
ment.

ARRIVÉ sur la place de Pampelune, où demeurait l'alcade, Fabrice s'arrêta tout à coup et n'osa plus faire un seul pas.

Ce n'était pas la colère de son père qu'il redoutait, il en connaissait trop bien le cœur, et il savait que, quels que soient les torts d'un enfant égaré, quels que soient les désordres qu'il ait commis, un père pardonne toujours quand il voit revenir le fils avec un repentir sincère.

Durant les dernières journées de son voyage, une vague tristesse s'était emparée de Fabrice; plus il cherchait à s'en distraire, et plus cet état pénible augmentait; il ne pouvait s'expliquer cette situation d'esprit, quand la joie de retourner à la maison paternelle aurait dû seule l'occuper.

Il s'arrêta, avons-nous dit, devant la demeure du senor Gomez, et resta quelques instants les yeux fixés sur les fenêtres.

La maison avait changé d'aspect depuis son départ, elle lui sembla moins gaie qu'il ne l'avait laissée. Chaque croisée autrefois était garnie de petites fleurs roses et bleues qui serpentaient avec

grâce, entremêlant leurs festons em-
baumés derrière les lattes vertes des
jalousies.

Les fleurs y étaient encore, mais des-
séchées... leur tête était tristement courbée vers la terre, comme si la main amie
qui les cultivait avec une sollicitude
aimante, se fût tout à coup retirée d'elles
et les eût laissées dans l'abandon.

A cette vue, Fabrice poussa un long
soupir en se disant : Oh ! voilà bien l'i-
mage de ma vie, comme ces pauvres
fleurs, flétrie au soleil du malheur,
parce que, comme elles, je n'avais personne pour veiller sur moi... la main de
mon père s'était retirée de moi.

Il regarda encore une fois la façade
mauresque de cette petite maison et se
décida à y entrer.

Il souleva un marteau de bronze en-
châssé dans une tête de lion et le laissa
retomber lourdement sur son enclume.

Le coup retentit d'une manière inusitée, il sembla à Fabrice que la maison était inhabitée, tant avait été lugubre le bruit parvenu à son oreille.

Il attendit quelques instants, on ne vint pas ouvrir; il frappa de nouveau avec plus d'inquiétude; il entendit enfin des pas traînants dans le corridor, la porte cria sur ses gonds rouillés, un domestique se présenta.

— Que demandez-vous, *senor caballero?*

— Tu ne me reconnais pas, mon vieux Perès?...

— *Jesus Maria!* s'écria le serviteur en se jetant au cou de Fabrice, qu'il avait tenu sur ses bras quand il vint au monde... c'est donc vous, mon enfant!... mon pauvre Fabrice... oh! laissez-moi encore vous embrasser.

— De grand cœur... mais montons... montons vite...

— Vous avez donc pu vous tirer de votre mauvaise affaire... le ciel en soit loué!... que de larmes nous avons versées !

— Oui, Perès, oui, me voilà... je reviens pour toujours... je ne veux plus quitter mon père... conduis-moi vers lui que je l'embrasse... il me pardonnera, n'est-ce pas?... Mais va donc, Perès... il y a huit ans que je ne l'ai vu, que je ne lui ai parlé... huit ans ! huit ans ! entends-tu bien ?

Perès pleurait toujours et demeurait immobile dans le vestibule.

— Perès!... Perès!... tu ne m'entends donc pas?

— Ah ! Fabrice !... Fabrice !..

— Que signifient ces larmes?... parle...; mais parle, où est mon père?

Le vieux serviteur se couvrit le visage de ses deux mains et sanglota plus fort. Fabrice jeta sur lui un regard de terreur,

et vit alors seulement que Perès était
vêtu de noir.

— Que veut dire ce sombre costume,
Perès ? Où est mon père ?... mon père ?...

— Du courage, mon enfant, du courage...

— Mort !.... mort !.... répéta Fabrice
en tombant à la renverse comme frappé
de la foudre.

Perès, effrayé de ce nouvel accident,
releva son jeune maître, le porta tout
évanoui, le plaça sur un lit, et lui pro-
digua les soins les plus empressés.

Plus tard, quand Fabrice fut en état
de supporter les détails d'un pareil malheur, Perès lui raconta que l'alcade ayant
appris la condamnation de son fils, était
aussitôt tombé dans un état de langueur
qui le fit descendre dans la tombe... Le
pauvre vieillard n'avait pas eu la force
de survivre à cette honte.

— Mon père ! mon père ! criait Fabrice

dans ses nuits de fiévreux délire, c'est moi qui vous ai tué! Mon Dieu! mon Dieu! ne me maudissez pas... Oh! j'en deviendrai fou.

Heureusement, comme toutes les douleurs humaines, celle de Fabrice s'endormit peu à peu.

Alors, quand il se vit seul avec une fortune insuffisante à ses besoins, il réalisa ce que son père lui avait laissé, et songea à se créer un avenir moins sombre que son passé.

A quelque temps de là, Fabrice rencontra dans le monde un homme qui s'était livré pendant de nombreuses années au commerce des produits de l'Inde; différentes circonstances, trop peu importantes pour que nous les rapportions ici, amenèrent Fabrice à se confier à cet individu qu'il apprit se nommer don Martinez. Il lui dit qu'il possédait quelque argent, et qu'il était bien déterminé à tenter des spéculations commerciales.

Martinez l'encouragea avec adresse, ayant soin de mettre toujours en relief ses nombreuses connaissances dans cette partie, si bien que Fabrice, persuadé que Martinez pouvait lui être d'une grande utilité, se décida à lui offrir une association dans laquelle l'un apportait son argent, l'autre son industrie.

Les premières spéculations réussirent d'une façon si heureuse, que les avances furent immédiatement doublées; encore quelques affaires de cette nature, et Gomez pouvait liquider sa maison, et se retirer avec un revenu qui lui permettrait de parcourir le *Prado* dans un carrosse traîné par deux superbes mules d'Andalousie.

Chaque jour le nouveau négociant se félicitait du choix qu'il avait fait : il ne pouvait se dissimuler qu'il dût son bonheur à son associé. Il y avait en effet chez le senor Martinez une sagesse de calcul et une perspicacité étonnante pour prévoir la hausse ou la baisse dans le prix des denrées; c'était toujours à très-bon compte qu'ils achetaient, et ils ne vendaient jamais que dans des circonstances favorables. La maison de Gomez faisait envie à tous ses confrères, qui ne savaient s'expliquer une prospérité aussi rapide.

Voulant honorer les précieuses qualités de Martinez, il lui accorda toute sa confiance, et lui dit un matin :

—Don Martinez, je ne pourrais mieux reconnaître les services que vous m'avez rendus qu'en vous donnant la clef de ma caisse : la voici... C'est à vous désormais qu'appartient le maniement des fonds.

Martinez le remercia de cette distinction flatteuse d'une manière tout expansive.

—Ceci ne doit pas vous surprendre, répondit Gomez, c'est un hommage que je devais à votre probité.

Martinez ne sourcilla pas.

Dès ce jour, Fabrice se borna à jeter de temps en temps un petit coup d'œil sur son avoir, et chaque fois, il voyait le nombre des quadruples et des piastres augmenter comme par enchantement.

Un marchand de Palerme, qui était arrivé à Pampelune, avait acheté d'un seul bloc toutes les marchandises que Gomez avait dans ses magasins; la vente fut faite au comptant : ce fut une nouvelle somme considérable qui grossit encore ce qu'il possédait déjà.

Un soir, tandis que Fabrice était occupé à fumer son cigaritto sur la terrasse couverte d'orangers, de grenadiers et de myrtes en fleurs, le senor Martinez se montra.

— Soyez le bien venu, dit le négociant.

— Je viens vous demander un service, fit mielleusement l'associé.

— Vous pouvez y compter d'avance, répondit Fabrice en versant un verre de vin d'Alicante au visiteur, et en lui présentant du tabac jaune et du papier parfumé.

— J'ai reçu une lettre de Sarragosse, continua Martinez en roulant dans ses doigts sa cigarette, j'y ai un parent gravement malade, et l'on m'écrit de m'y rendre pour surveiller mes intérêts qui seraient fort compromis par mon absence... Si vous pouviez me permettre de partir pour quelques jours, je vous en serais très-reconnaissant.

— Faites ainsi que vous l'entendrez, mon cher Martinez, et si je désire que votre voyage soit court, c'est qu'il me tarde de revoir celui que je considère comme mon meilleur ami.... ou plutôt comme un frère... car, vous le savez, je suis seul au monde !

Martinez partit le soir même.

Quelques jours après, un brocanteur proposa à Fabrice Gomez un superbe tableau de Murillo qui le séduisit... il voulut l'acheter : le prix arrêté, il alla à sa caisse, pour y prendre la somme destinée à cette toile précieuse.

A peine eut-il fait jouer les ressorts, qu'il remarqua avec surprise une nouvelle disposition dans l'arrangement des fonds.... Il ne vit plus d'or. La surface apparente des rayons n'était occupée que par des pièces d'argent; il enleva deux piles, et vit avec terreur que le reste de la caisse était vide.

Fabrice Gomez était volé.

Don Martinez avait tout emporté, et, par un raffinement de friponnerie, il avait placé le peu qu'il avait laissé, de

manière qu'à une simple inspection, Gomez ne pouvait se douter de sa ruine, et
cela devait donner au voleur le temps de
s'éloigner sans être arrêté.

Fabrice n'osait cependant s'abandonner à ses soupçons; avant d'en venir à
un esclandre, il voulut s'assurer, par lui-
même, de la perfidie de cet homme; il
écrivit à Sarragosse en toute hâte, personne ne put lui donner des renseigne-
ments sur Martinez, qui était complète-
ment inconnu dans cette ville.

Pour comble d'infortune, des échéan-
ces nombreuses arrivaient... Il se trouva
dans l'impossibilité d'y faire face, et,
comme la prospérité dont il avait joui
dès le commencement de sa carrière com-
merciale, avait excité la jalousie de tous
ses rivaux, il n'en trouva pas un seul qui
consentît à un arrangement.

Ils étaient trop joyeux de renverser
celui que la fortune semblait avoir fait

monter dans son char pour les écla-
bousser.

Ne voulant pas cependant qu'on pût le
montrer au doigt comme un malhonnête
homme, Gomez se dépouilla de ce qu'il
possédait, il vendit tout, même la petite
maison où il était né, et dont il ne se serait jamais défait sans ce triste événement.

Quand il eut réalisé tous ses biens, il
rassembla ses créanciers et leur adressa
la parole en ces termes :

— *Senores*, vous connaissez tous la
cause de ma ruine, ma bonne foi m'a
perdu....

— Tant pis pour vous! interrompit le
plus jaloux de tous.... Donnez-nous de
l'argent; cela vaudra mieux que des ser-
mons.

—Chaque chose viendra en son temps,
senor Rosas, reprit Gomez avec calme,
vous savez, par expérience, que l'on

peut faire perdre les trois quarts d'une créance... Mais, soyez tranquille, ce n'est pas ainsi que j'agirai... Taisez-vous donc et ne m'interrompez plus.

Senores, j'ai cru à la probité d'un homme qui m'a indignement volé... vous le saviez tous, et cependant aucun de vous n'a agi avec noblesse. Je vous ai demandé du temps, et vous me l'avez refusé impitoyablement quand vous ne doutiez pas que je vous paierais... aujourd'hui, comme je l'ai dit au senor Rosas, et je serais encore plus loyal que lui, si j'agissais ainsi. Je pourrais vous demander quittance, et je vous remettrais la moitié de ce que je vous dois... Je ne le ferai pas!... pour vous satisfaire, je n'ai reculé devant aucun sacrifice... Il ne me restera pas même de quoi payer mon pain d'une semaine... qu'importe! voici de l'or, je vais vous le partager.

Et quand il eut donné à chacun ce qui

9

lui revenait, il s'écria avec une colère que leur conduite justifiait peut-être :

—Sortez tous d'ici.... vous êtes payés, et je puis encore vous chasser de chez moi... Sortez.... sortez vite. Cette maison m'appartient encore pendant une heure, je ne veux pas que vous la souilliez plus longtemps de votre présence !

Les créanciers se retirèrent en comptant leur argent, et se souciant fort peu des mauvais compliments dont Fabrice accompagnait leur retraite.

Puis, une heure après, ainsi qu'il l'avait dit, un ancien ami de son père se présenta, Gomez remit les clefs de la maison au nouvel acquéreur, et sortit de chez lui.

Quand il fut sur la place, il vit avec douleur qu'il était une seconde fois nu et pauvre comme Job.

CHAPITRE VII.

Pour-
quoi Fabrice Go-
mez, toujours poursuivi
par le malheur, ne garda pas
l'emploi qui lui avait été
confié.

A nuit allait dés-
cendre sur la vil-
le, que Gomez
arpentait encore
en tous sens, la
place d'*El Chris-
to;* à chaque in-
stant il voulait la
quitter, et toujours une puissance invin-
cible l'y retenait malgré lui.

Un homme, qui l'examinait attentivement depuis un moment, s'avança et lui dit le chapeau à la main :

—N'est-ce pas au senor Gomez que j'ai l'honneur de m'adresser?

— A lui-même.... que souhaitez-vous?

— Voici un billet que mon maître m'a chargé de vous donner.

— C'est bien, répondit Fabrice en mettant le papier dans sa poche.

—Je demande pardon à votre seigneurie si j'insiste davantage, mais mon maître m'a ordonné de lui porter votre réponse.

Alors, Fabrice s'approcha d'un cabaret dont l'entrée était piteusement éclairée par une mèche de coton allumée, qui bavait sur le pavé et se désaltérait dans un grand vase rempli de graisse, et là, à la clarté vacillante de ce lampion fumeux, il lut ces lignes tracées rapidement :

« Senor Gomez ,

« Venez en toute hâte , j'ai besoin de
« m'entretenir avec vous d'une affaire
« qui nous concerne tous deux, nous cau-
« serons en soupant. Venez vite rejoin-
« dre votre ami tout dévoué

« Antonio OLIVARÈS. »

Antonio Olivarès était le plus vieil ami
de l'alcade de Pampelune , celui qui
avait acquis sa maison, afin de soustraire
Fabrice à la rapacité des créanciers auxquels il voulait d'abord l'abandonner.

—Que répondrai-je au senor Olivarès?
demanda le domestique.

— Je vous suis.

Et Fabrice se dirigea vers la demeure
de don Antonio.

La porte s'ouvrit bientôt devant lui ;
après avoir traversé un superbe vestibule en marbre blanc, il arriva dans un
salon meublé avec la plus exquise ri-

9.

chesse, les murs étaient couverts de tableaux précieux que la lumière répandue
à profusion mettait admirablement en
relief.

Au moment où il parut sur le seuil de
l'appartement, il surprit une délicieuse
scène de famille. Au fond, étendue mol-
lement sur un sopha de satin, une femme,
encore jeune et belle, tenait dans ses mains
une mandoline grecque dont les cordes
soupiraient harmonieusement sous des
doigts agiles. A côté de cette femme et
presque assise sur ses pieds, était une
charmante petite fille qui chantait un air
national. Un peu plus loin, et toujours
sous le regard maternel, un jeune garçon caressait dans ses bras un chien,
tout mignon, et se roulait joyeusement
sur une natte épaisse tressée de joncs
marins. Au fond, et près du balcon, le
senor Olivarès complétait l'ensemble du
tableau : il était nonchalamment assis

dans un vieux fauteuil de tapisserie, occupé à regarder à l'horizon la grande
silhouette des monuments qui commen-
çaient à se dessiner sous les rayons ar-
gentés de la lune.

Don Olivarès se leva aussitôt, la mandoline se tut, et tous les regards se
fixèrent sur le nouvel arrivant.

— Soyez le bienvenu... je n'attendais
pas moins de votre courtoisie.

— Lorsque tout le monde vous aban-
donne, l'amitié d'un noble Castillan tel
que vous, senor Olivarès, est un bien
encore plus précieux.

— En attendant que l'on nous annonce
le souper, venez sur le balcon et causons
ensemble.

— Je suis tout à vous.

Les deux interlocuteurs s'accoudèrent
sur la balustrade de pierre et continuè-
rent leur conversation.

— Cette femme que vous venez de voir

ici, senor Fabrice, est cette petite fille qui jouait avec vous dans ce salon, avant votre départ ponr Barcelone.

— Comment! c'est Juanita, fit Gomez avec un soupir qui pouvait se traduire ainsi :

— Que de temps s'est écoulé depuis lors! que d'années ont passé déjà sur ma tête !

— Elle-même, reprit don Olivarès, et ces enfants sont les siens. Elle est venue passer auprès de moi tout le temps que son mari don Funaro est obligé de consacrer à la cour, où l'appelle son rang.

— Je vous félicite d'une pareille union, et d'une circonstance qui ramène auprès de vous votre fille bien-aimée.

— Merci, Fabrice... si je vous parle de toutes ces choses, c'est qu'elles vous intéresseront bientôt.

— Comment cela? interrompit Gomez avec un air d'étonnement.

—Le malheur s'est assis à votre foyer...
je veux , sinon réparer le mal qu'il vous
a fait , ce qui n'est pas en mon pouvoir,
du moins vous aider à supporter plus
facilement votre ruine.

— Où veut-il en venir ? se demanda
Fabrice qui ne comprenait rien à ce
préambule.

— Je vais mieux m'expliquer : j'ai souvent entendu vanter votre esprit et votre
intelligence : vous avez fait des études
dans lesquelles vous avez obtenu quelques succès; le moment est venu d'uti-
liser les trésors de science que vous avez
acquis par un travail persévérant.

Fabrice sentit la rougeur de la honte
lui monter au visage; il se rappela que,
dans un moment dé fatal délire, il avait
abandonné son école de Barcelone au milieu d'une éducation inachevée.

Don Olivarès se retourna et appela
l'enfant qui jouait encore avec le chien.

—*Nino mio !* viens ici, viens auprès de ton grand-père, mon petit Fernando !

L'enfant, obéissant aussitôt, sauta sur les genoux du vieillard et l'embrassa plusieurs fois en lui passant ses petits bras autour du cou.

— Voilà désormais votre élève, senor Gomez, je vous le confie, vous vous chargerez de son éducation.... vous serez logé ici... je n'ai pas besoin de vous dire que vous êtes un ami plutôt qu'un gouverneur... vous acceptez.... n'est-ce pas ?

La misère dans laquelle se trouvait notre héros le força de se rendre aux désirs de don Olivarès, quoiqu'il se sentît réellement incapable de remplir une telle charge : il s'était aperçu bien des fois que le peu qu'il avait appris chez les frères franciscains fuyait sa mémoire à mesure qu'il s'éloignait de ce temps regretté. Se charger de l'éducation de cet

enfant, était donc un travail trop lourd
pour lui.

Un valet vint annoncer que le souper
était servi; on passa dans la salle à manger. Cet incident eut lieu assez à temps
pour empêcher Fabrice d'écouter les
scrupules qui bourdonnaient déjà dans
sa conscience, et qui lui conseillaient
d'avouer au senor Olivarès l'impuissance
de ses moyens.

Durant le repas, le senor Olivarès et
dona Funaro furent si attentifs, si pré-
venants pour le nouvel instituteur, que
celui-ci finit par ne plus oser détruire la
bonne opinion que l'on avait conçue de
son érudition.

Du reste, pendant les premiers temps,
il s'acquitta assez bien de sa tâche et les
progrès de l'élève furent très-rapides.
Le professeur y mettait tant de zèle, le
petit Fernand avait une intelligence si
précoce, qu'il en sut bientôt aussi long

que le maître ; ce que voyant, Fabrice se
sentit de nouveau tourmenté par ses
scrupules : il se reprochait sans cesse
de prolonger l'erreur de cette honnête
famille; il comprenait bien que c'était
une faute voisine dn crime qu'il commet-
tait en se taisant encore. Il voyait qu'à
cause de son ignorance , les années s'é-
couleraient sans profit pour le jeune Fernando, et que lorsqu'il serait homme, il
se trouverait incapable d'occuper un rang
distingué dans la société, et ce malheur
serait son ouvrage.

A force de rouler dans son esprit, toutes ces pensées acquirent une puissance
à laquelle il n'eut plus le courage de
résister. Il résolut donc de prétexter un
voyage, afin d'amener une rupture avec
la famille Olivarès.

Cette excuse lui parut le moyen le plus
sûr pour agir en honnête homme, et
s'éviter tout à la fois un aveu qui eût tou-

jours coûté à son amour-propre si endormi qu'il fût.

Don Funaro avait été calomnié auprès
du roi, et le roi, dans un moment de
dépit, exila son favori hors des terres
espagnoles, en accompagnant cette ex-
pulsion de la saisie d'une partie de ses
biens. La nouvelle de cette disgrâce inattendue arriva au senor Olivarès au moment où, sortant de table, il se disposait
à faire la sieste. Sa constitution sanguine
lui devint fatale; il fut frappé d'une apo-
plexie foudroyante contre laquelle demeurèrent impuissants les soins des dix
docteurs les plus distingués de la faculté.
La senora, obligée de rejoindre son mari,
diminua les charges de sa maison : l'instituteur fut une des premières suppres-
sions qu'elle exécuta.

Alors, Fabrice Gomez s'imagina que
Pampelune était pour lui une ville de ca-
lamités. Il se décida à s'expatrier encore

10

une fois. A cet effet, il réunit les quelques économies qu'il avait faites chez le senor Olivarès, et se disposa à parcourir toutes les provinces de l'Espagne, jusqu'à ce que Dieu lui fît rencontrer un coin de terre où il pût reposer sa tête à l'abri de cette désolante fatalité qui semblait le poursuivre avec un acharnement aussi cruel.

Il se disait avec tristesse et résignation :

« Je ferai le dernier des métiers s'il le faut, mais, loin de Pampelune, je ne veux plus vivre ainsi de cette existence maudite... Je travaillerai pour le premier qui se présentera à moi et qui m'offrira un morceau de pain... J'accepterai ailleurs tout ce qui me répugnerait dans cette ville que je déteste... Je deviendrai laquais plutôt que de traîner une nouvelle misère sous les yeux de ces hommes inhumains qui m'ont vu heureux et qui se sont partagé les débris de ma fortune. »

Craignant d'être retenu dans l'exécu-
tion de son projet par quelque mouve-
ment intempestif d'amour-propre ou de
respect humain, il prit immédiatement
un costume qui devait le mettre au-dessus
de toutes ces considérations.

Il se coiffa d'un *sombrero* de feutre gris
à larges bords, jeta sur ses épaules une
veste de velours vert à boutons de cuivre,
serra ses reins dans une ceinture de laine
rouge, et mit à ses jambes de grandes
guêtres de cuir; il prit un bâton de houx
dans la main, et, quand la nuit fut des-
cendue, il sortit dans cet équipage.

Arrivé sur la route extérieure, il se
retourna une dernière fois vers la ville
de Pampelune où tant de malheurs suc-
cessifs étaient venus l'atteindre, et, levant sur elle un regard plein d'une émotion amère, il lui dit un éternel adieu.

CHAPITRE VIII.

Fa-
brice Gomez
fait l'éducation de plu-
sieurs ani-
maux.

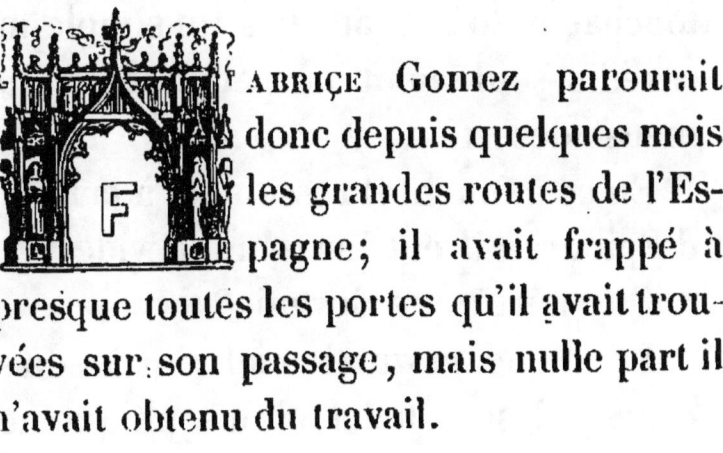ABRIÇE Gomez parourait
donc depuis quelques mois
les grandes routes de l'Espagne; il avait frappé à
presque toutes les portes qu'il avait trou-
vées sur son passage, mais nulle part il
n'avait obtenu du travail.

Pour les uns, il n'était pas assez instruit;

Pour les autres, il n'avait pas l'adresse
nécessaire;

Pour ceux-ci, il était déjà trop âgé;

Pour ceux-là, sa constitution grêle
était un obstacle.

Si bien que ses économies s'en allèrent,
ses piastres à colonnes filèrent l'une après
l'autre, et les pièces de menue monnaie
suivirent bientôt le torrent qui les em-
portait.

Un beau matin le voyageur s'aperçut
avec effroi que les toiles de sa poche se
touchaient tout à fait. Pas un simple ma-
ravédis seulement ne peuplait cet immense désert.

En ce moment il ressembla à la nature
d'Épicure : il eut horreur du vide.

Que faire? que devenir?

En attendant que le ciel vînt à son secours, il se coucha philosophiquement

10.

le ventre au soleil sur le bord d'un sentier qui serpentait au flanc d'une montagne couverte de buissons; il chercha ainsi dans un nouveau sommeil un moyen d'apaiser la faim qui tourmentait ses entrailles.

Personne ne vint à lui ; la nuit se passa ainsi sans apporter de soulagements à sa fâcheuse position ; aussi, s'il était encore à la même place, ce n'était plus par philosophie, mais bien par épuisement.

Cependant, au détour de la côte, une caravane de saltimbanques s'avançait lentement. En tête marchait un pauvre âne maigre et poussif qui avait perdu son embonpoint à mesure qu'il avait acquis de la science. Sans respect pour sa remarquable érudition, son maître avait chargé le dos du pauvre animal de deux énormes paniers, dont l'un était occupé par trois chiens de races différentes et affublés de toques et de manteaux. Plusieurs singes mangeant des noix avec force grimaces, se prélassaient dans l'autre côté et faisaient équilibre aux chiens. Derrière, venait un ours brun et morose portant le museau à terre et poussant de longs grognements; puis, pour terminer le cortége, une petite cariole, traînée par une mule aveugle, servait de char triomphal à la troupe d'artistes en plein vent.

Quand l'âne eut atteint l'endroit où Fabrice était étendu, il s'arrêta court et se mit à le flairer attentivement.

En vain le directeur de la troupe, vêtu en hercule, stimula-t-il de la voix son cher Noirot... l'âne n'avança pas plus que s'il eût été endormi. S'apercevant que toutes ses exhortations étaient inutiles, le senor Osorio quitta le coussin de paille sur lequel il reposait, et mit pied à terre pour s'instruire de ce qui se passait. Il vit que si l'âne eût continué

son chemin, les roues de la cariole eussent brisé les jambes de Fabrice.

—Dites donc, mon brave, cria le banquiste tirant le dormeur par les pieds,
nous ne voulons pas vous empêcher de
reposer, mais à votre tour ne nous em-
pêchez pas dans notre marche.

Gomez ne fit pas le moindre mouve-
ment.

—Êtes-vous sourd ou êtes-vous mort?

Rudement secoué par un bras hercu-
léen, Fabrice entr'ouvrit les yeux et
essaya de se mettre sur son séant, mais
il ne put y parvenir tant il était affaibli
par un jeûne trop prolongé.

—Ce gaillard-là ne me produit pas
l'effet d'être très-vigoureux en santé,
murmura le saltimbanque, apitoyé par
la pâleur de Fabrice, et se dirigeant vers
le caisson de sa voiture, il y prit un flacon
recouvert d'un tissu de jonc.

—Allons, camarade, buvez un peu de

ceci... ça vous ranimera. C'est de l'excellente eau-de-vie de Genièvre, le meilleur
cordial à administrer dans les syncopes
comme la vôtre.

A peine Fabrice eut-il avalé quelques
gouttes de cette liqueur, qu'il sentit ses
forces lui revenir, il put enfin se relever
sur ses jambes.

— Merci de votre assistance...

— Il n'y a pas de quoi...

— Sans vous je serais mort là.

— Vous êtes dans un piteux état, et si
vous voyagez pour votre agrément, je
vous engage à ne pas poursuivre votre
route à pied... aussi, vous offrirai-je une
place dans ma carriole jusqu'à la ville
prochaine où je dois m'arrêter.

Fabrice, enchanté de ce secours ines-
péré, se laissa hisser dans la voiture.
Chemin faisant, il se sentit un peu mieux,
et quand l'hercule lui eut offert de partager le modeste déjeuner de la troupe

acrobate, le moribond se trouva complétement guéri.

La bizarrerie de la rencontre eut
bientôt amené une espèce de laisser-aller
entre Fabrice et son hôte ; mais tout en
lui confiant sa triste position, l'ex-insti-
tuteur se garda bien de lui expliquer
comment son existence avait été boule-
versée, et par quelles épreuves il avait
déjà passé, il se résuma dans ces quelques
mots fort significatifs :

— Je suis sans aucune espèce de ressource, et nul métier ne me répugnerait.

— Alors, nous pourrons peut-être
nous entendre, dit le directeur, enchanté
du hasard qui lui mettait cet homme sous
la main.

— Comment donc ?

— Voici en deux mots : je viens de
perdre un de mes pensionnaires d'une
façon fort désagréable : nous nous étions
arrêtés quelques jours dans la petite ville

que nous quittons, nous y avions fait d'assez bonnes recettes ; on était accouru en foule à nos exercices de la corde raide. Pedro, celui dont je vous parle, avait, je ne sais trop comment, excité la jalousie de quelqu'un du pays, si bien que, pour s'en venger et lui jouer un mauvais tour, son ennemi glissa furtivement dans son bagage quelques pièces d'argenterie qui appartenaient à notre hôtelier. Nous allions nous remettre paisiblement en route, quand un alguasil se présenta pour visiter nos bagages. Jugez de notre stupéfaction en voyant arrêter Pedro comme voleur… Peut-être en ce moment le pend-on sur la place publique aux applaudissements de ces mêmes spectateurs que hier encore il fit tant rire.

—Pauvre Pedro ! dit Gomez qui ne partageait pas cependant l'opinion du directeur sur l'innocence de son pensionnaire.

— Oui, pauvre Pedro! reprit Osorio, c'est une bien grande perte pour moi... nul ne connaissait mieux son métier .. personne ne savait aussi bien faire travailler mon âne savant et égayer mon ours.... Mes chiens et mes singes l'aimaient presque comme un frère... Oh! continua-t-il en poussant un long soupir, il me faudra longtemps avant de lui trouver un bon successeur.

— Qui sait! répondit étourdiment Gomez.

— Eh bien! si vous voulez essayer de la survivance, je vous la propose.

Fabrice vit un morceau de pain à peu près assuré pour chaque jour, il consentit à devenir montreur d'animaux.

Ce qu'il eut à faire, dans le principe, n'était pas très-difficile.

Vêtu d'un costume grotesque, il écartait la foule des curieux, et les allignait circulairement; il disposait à terre un tapis où son maître exécutait ses tours d'adresse et d'agilité; puis, il prenait

l'âne par la bride, l'amenait au milieu du cercle et lui criait :

— Noirot, mon ami, dis-moi quel est le garçon le plus gourmand de ta con— naissance.

— Noirot, cherche ici la commère la plus bavarde.

— Noirot, trouve-moi le plus grand paresseux.

— Noirot, désigne le plus ivrogne de la société.

Et Noirot partait lentement, parcourait deux ou trois fois le cercle, puis s'arrêtait devant quelqu'un, au grand ébahissement de la foule qui riait de bonheur et forçait, par ses sarcasmes ou ses lazzis, le coupable désigné par l'âne accusateur à quitter bien vite la place qu'il occupait.

Après les gambades des chiens empanachés et les grimaces des singes, le tour de l'ours arrivait; alors Fabrice embouchait un flageolet à trois trous, et frappait en cadence sur la peau d'un petit tambour.

Ceci dura quelques mois; mais un jour, le saltimbanque ambitieux s'avisa de vouloir compléter l'éducation artistique de son nouvel élève, et songea à l'initier aux secrets du métier. Il lui ordonna d'apprendre à avaler des cailloux

et des sabres, il lui fit porter des échelles
sur le nez et des pyramides de chaises
sur le menton.

Malgré le peu d'attrait que ce genre de
divertissement avait pour lui, Gomez essaya de tout apprendre.

Mais il faillit s'étrangler avec les cailloux ;

Il s'écorcha le gosier avec les sabres ;

S'écrasa le nez avec l'échelle ;

Il se déchira le menton avec les chaises.

Il essaya, recommença, essaya encore
et toujours sans succès ; le pauvre diable
avait quitté l'école des Franciscains juste
au moment où il allait apprendre la gym-
nastique !

Voyant sa maladresse, le banquiste se
mit à le rudoyer; il lui jetait continuel-
lement à la tête des épithètes grossières,
il le traitait comme un véritable idiot.
Aussi Fabrice ne tarda-t-il pas à com-

prendre que cet état ne pourrait guère mieux lui convenir que tous ceux qu'il avait exercés jusque-là.

Pour comble de malheur, l'âne savant, qui était déjà si maladif quand Fabrice entra dans la troupe du senor Osorio, s'avisa, fort mal à propos, de perdre le poil, et d'incliner tristement la tête vers la terre. Son œil perdait son dernier reste d'éclat; ses pieds se traînaient avec peine et son intelligence s'en allait.

Osorio ne manquait pas d'attribuer la décadence de son âne savant à Fabrice qui n'en pouvait rien, quand il n'aurait dû s'en prendre qu'à son grand âge et aux fatigues excessives que l'on n'épargnait pas à la pauvre bête.

Un soir, en rentrant à leur hôtellerie, la conversation suivante eut lieu entre Fabrice Gomez et son très-irascible patron :

—As-tu bien regardé Noirot, ce matin?

— Oui, senor.

— Et tu n'as rien remarqué?

— Non, senor.

— Parles-tu sincèrement?

— Très-sincèrement?

— Comment, tu ne t'es pas aperçu que la pauvre bête s'en va peu à peu?

— Pas le moins du monde.

— Ceci est trop fort! s'exclama Osorio qui commençait à s'échauffer; Noirot se meurt, te dis-je.

— Après tout, cela ne devrait pas trop vous surprendre, senor Osorio; il est si vieux!

— Vieux, lui! Noirot!... Excellente excuse!

— Mais ne l'avez-vous pas dit vous-même?

— C'est cela, tu cherches à te justifier de l'abandon où tu le laisses... Mais c'est toi, misérable, qui l'as mis dans ce triste état... Un âne qui était si preste, si gai, quand j'eus l'impardonnable sottise de te le confier... Tout le monde le voyait avec amour et convoitise... Considére-le maintenant..., dans quel état horrible il est tombé!... C'est à peine si on trouverait à vendre sa peau pour en faire des tambours de basque à des Gitanos.

— Vous vous alarmez peut-être trop tôt sur le sort de Noirot, balbutia en hésitant Fabrice qui voyait l'orage grossir et prêt à éclater.

— Allons, dis que je suis aveugle, dis que je ne m'y entends pas, dis que je suis fou... ; allons, ne te gêne pas..., ce sera plus tôt fini.

Fabrice se garda bien d'ajouter un mot. Osorio continua :

— La belle trouvaille que j'ai faite là ! un homme qui ne sait même pas donner de l'eau fraîche à un pauvre âne !... Oh ! si par malheur je perds Noirot, s'il vient à mourir.... prends garde à toi...; ne reparais pas à mes yeux, ou tu iras bientôt le rejoindre..., je te le promets, et sois tranquille, je saurai tenir ma parole.

Le lendemain, Fabrice se leva avant l'aurore; toute la nuit, les menaces du directeur de la troupe avaient troublé son sommeil, et l'heure de panser Noirot lui avait semblé trop lente à venir. Dès qu'il vit l'horizon s'éclairer des premières lueurs du jour, il courut en toute hâte à l'écurie pour vaner plus soigneusement l'avoine et étriller avec plus d'art que jamais le poil de l'âne érudit, espérant ainsi déguiser un peu son état piteux à l'œil scrutateur de son propriétaire.

Mais quel ne fut pas son désespoir, quand en entrant il aperçut la pauvre bête étendue sur sa litière, les jambes raidies par le froid de la mort!

Il s'approcha et l'examina attentive-

ment... ; il s'aperçut que Noirot avait dû
mourir pendant la conversation de la
soirée.

Alors Fabrice Gomez se rappela le petit dialogue dans tous ses détails. Pas un
mot, pas une menace, pas un regard du
saltimbanque n'échappa à son souvenir.
Au lieu de rentrer à l'hôtellerie porter
cette triste nouvelle à Osorio, il prit sa
course sur la grande route et disparut
au milieu d'un nuage de poussière.

CHAPITRE IX.

Un
événement
imprévu vient de nou=
veau troubler la tranquilité
dans laquelle vivait
Fabrice Go=
mez.

 A taverne de maî-
tre Patrick, située
sur le quai de Cus-
tom-House à Lon-
dres, avait pris de-
puis vingt-quatre
heures une phy-
sionomie toute
particulière. On allait, on venait en nombre, on fumait plus qu'à l'ordinaire et on

consommait plus de bière que jamais.
C'est à peine si le garçon chargé du service pouvait suffire à toutes les demandes
qu'on lui adressait.

—Fabrice, du porter! criait une voix.

— Une pipe! disait une autre.

— Un journal par ici! demandait un
constable.

— Fabrice, du feu! hurlait un marchand de thé.

Si bien que Fabrice Gomez ne savait
plus où donner la tête.

Puisque nous avons retrouvé notre
héros garçon de taverne par delà la
Manche, laissons-le vaquer à ses fonc-
tions et expliquons comment il arriva de
la Sierra-Morena aux bords de la Tamise.

Vous venez de voir, chers lecteurs,
dans le chapitre précédent, Fabrice Gomez galopant sur la grande route pour
éviter la colère vindicative du saltimbanque Osorio.

Il courait donc depuis assez longtemps lorsqu'il aperçut un petit bois, il s'y jeta pour reprendre haleine, et dépister son directeur au cas où celui-ci se serait avisé de vouloir suivre ses traces ; à peine eut-il fait cent pas dans le fourré qu'il entendit des cris suivis d'une explosion d'arme à feu ; il tendit attentivement l'oreille pour savoir de quel côté venaient les plaintes.... Dès qu'il fut certain d'avoir deviné, il s'élança en toute hâte au secours de ceux qui le réclamaient.

Quelle fut sa surprise quand il vit un carrosse de voyage arrêté au détour d'une allée par deux bandits qui s'apprêtaient à piller les caissons ! Au fond de la voiture était une jeune femme, renversée par l'effroi, et qu'on eût crue morte, tant ses traits étaient pâles et altérés par la frayeur.

Le domestique et le cocher qui accompagnaient la belle voyageuse se dé-

fendaient contre les bandits autant qu'il
est permis à des hommes attaqués à l'im-
proviste.

Fabrice reconnut dans la jeune femme
dona Funaro qui lui avait confié l'éducation de son cher Fernando ; cette rencontre imprévue doubla son courage.
N'ayant que ses bras, il s'arma d'une
énorme pierre et la lança avec force dans
les reins du bandit qui luttait avec le cocher ; à ce rude choc, le guérillas ouvrit
les bras et tomba sur la poussière ; en ce
moment, le seul assaillant qui restât de-
bout parvint à se dégager de l'étreinte du
valet et tira de sa ceinture un pistolet
dont il pressa la détente en dirigeant le
canon sur la poitrine de Fabrice ; mais,
plus agile et plus leste que lui, Fabrice se
jeta à plat ventre et se releva après la décharge.

Dès cet instant, l'issue de l'escar-
mouche ne pouvait plus être douteuse, ils
étaient trois contre un.

En effet, on s'empara de ce bandit, et, lui faisant grâce de la vie, on lui lia les bras derrière le dos, et on l'attacha fortement au tronc d'un arbre.

Dona Funaro était revenue à la vie, ses domestiques, empressés autour d'elle, la rassurèrent en lui disant que tout danger était passé.

Elle abaissa ses regards sur Fabrice, celui-ci enfonça son chapeau sur les yeux pour ne pas être reconnu.

—Quel est cet homme? demanda-t-elle avec surprise.

— Un brave qui est accouru à notre secours, et qui nous a vigoureusement aidés à nous défaire de ces misérables.

—Donnez-lui cette bourse.... dites-lui que je ne saurais trop payer le service qu'il m'a rendu.... Grâce à lui, je vais embrasser mon enfant dont j'étais séparée depuis mon émigration.

Le saltimbanque, les larmes aux yeux,

reçut la bourse et balbutia quelques paroles de remerciement.... Dieu seul sait ce que Fabrice éprouva de douleur et d'humiliation en ce moment qui lui rappelait son passé.

Quand il se vit de nouveau à la tête d'une petite somme assez ronde, il quitta la Péninsule pour la Grande-Bretagne et débarqua à Londres où une place lui fut offerte par maître Patrick, tavernier, chez lequel nous venons de le rejoindre.

Nous disions donc qu'il y avait en ce moment grand remue-ménage dans cette taverne, que la foule y était plus considérable, la fumée plus épaisse et la bière plus ruisselante.

C'est qu'en Angleterre tout se fait à renfort de tabac et de libations, et cette fois-ci il s'agissait de l'élection de lord Hasting comme membre de la chambre des Communes.

— Ah ! çà, vénérables commerçants,

mes confrères , pourriez-vous me dire quelle est l'origine du très-honorable lord Hasting , qui se présente aujourd'hui comme candidat?

A cette interpellation imprévue faite par un bon bourgeois à la face rubi-conde , la plupart des assistants se regardèrent.

— Au fait, ce que vient de nous demander sir Johnson est assez raisonnable... D'où sort ce noble Hasting?... qui connaît ce nouveau personnage dont nous ignorons jusqu'à la figure ?

Tout le monde se regarda , et personne ne répondit.

— A-t-il des aïeux? dit d'une voix flûtée un petit baronnet enchanté de pouvoir faire de l'opposition.

— Holà ! Fabrice, arrive ici ! cria quelqu'un.

— Que désire votre grâce?

— Tu es, dit-on . Espagnol?

— Oui, maître.

— On prétend que lord Hasting a longtemps habité l'Espagne, où il portait un
autre nom, et menait un très-grand
train.

— Je ne saurais vous éclairer à ce sujet, car je n'ai jamais eu l'honneur de
rencontrer celui dont vous me parlez.

— C'est bien, alors... Va t'en.

Maître Patrick s'avança gravement et
prit la parole après avoir incliné jusqu'à
terre sa tête veuve de toute chevelure et
de son bonnet de laine bleue :

— Messieurs, lord Hasting est le plus
généreux des hommes, et sa noblesse
doit être de bonne souche, car il m'a payé
très-largement pour que l'élection pré-
paratoire se fît dans ma taverne. Je vous
dirai, la main sur la conscience, que je
le crois en tout digne de votre suffrage...
Un homme, qui comprend si bien les
encouragements que l'on doit au com-

merce en général et à la brasserie en particulier, est une garantie profonde du dévouement que... du dévouement... qui... du...

— Assez ! assez ! cria-t-on de tous côtés.

— Comme il vous plaira, Messieurs.

Et maître Patrick emporta dans son laboratoire sa face bourgeonnée, qui devenait déjà coquelicot à cette interruption inattendue.

Les groupes se reformèrent, et l'on se mit à causer à demi voix.

Cependant midi sonna, et chacun tourna ses regards vers la porte d'entrée. Midi était l'heure à laquelle lord Hasting devait se présenter pour prononcer sa profession de foi politique, et s'assurer du nombre des suffrages sur lesquels il pouvait compter.

Quelques minutes après, un riche carrosse, splendidement armorié, s'arrêta devant la taverne, et lord Hasting en descendit. A ce moment, tous les verres demeurèrent sur les tables, les pipes s'éteignirent, et les yeux se fixèrent sur le nouveau venu.

Hasting soutint bien ces regards scrutateurs, et plein d'une dignité impassible, il s'avança au milieu de la taverne et s'exprima avec ce ton mielleusement flatteur auquel les masses se laissent toujours tromper. Il promit des améliorations à ceux-ci, des franchises à ceux-là, si bien qu'au bout d'un instant tout le monde fit chorus pour crier :

— Vive lord Hasting !

— Un toast à lord Hasting ! ajouta le constable, qui éprouvait le besoin de boire encore, tant il était altéré à force de se rafraîchir.

— Un toast à lord Hasting, notre futur représentant ! répéta tout le monde avec empressement.

— Du porter ! du porter !

Fabrice entra chargé de plusieurs brocs ; tout à coup ·il laissa glisser sur le parquet les pots qui se brisèrent lourdement. Ses yeux avaient rencontré ceux du noble Anglais ; il s'avança vers lui , le regarda plus attentivement et s'écria :

— Messieurs , cet homme n'est point lord Hasting !

— Qu'est-ce à dire ? fit le constable comme se réveillant en sursaut.

— Cet homme est un misérable , un lâche... ; cet homme est don Martinez , qui m'a volé , dépouillé de toute ma fortune quand nous étions tous les deux associés en Espagne... Demandez plutôt s'il ne me reconnaît pas , si je ne suis pas Fabrice Gomez , fils de l'ancien alcade de Pampelune.

Lord Hasting fronça légèrement le sourcil, et rappelant tout son sang-froid, il se borna à répondre :

—Je lui pardonne, Messieurs; à coup sûr il est fou!

—Fou! moi! plût à Dieu que cela fût, vil imposteur! Et il voulut s'élancer sur lui. On le retint.

—Un moment!... un moment! balbutia le constable se soutenant à peine. Des preuves!... des preuves! et nous ferons arrêter ce faux lord.

— Des preuves! répéta Fabrice avec désespoir, mais je n'en ai plus..., je n'ai plus mes papiers...; mon serment fait sur une bible ne vous convaincra-t-il pas?

Lord Hasting respira.

— Vous le voyez, Messieurs, c'est un accès de folie..., il n'y faut point prendre garde.

— Du tout! du tout! continua le constable, il a injurié un lord, il l'a gravement insulté; il l'a appelé voleur! cela ne peut se passer ainsi: ce gaillard a be-

soin de l'air frais d'une prison à défaut
des douches de la maison de Bedlam.

Le fonctionnaire public sortit tout tré-
buchant, et revint au bout de quelques
minutes à la tête de plusieurs policemen
qui s'emparèrent du garçon de taverne.

Cet incident, loin de nuire à l'élection
de lord Hasting, lui rallia au contraire
tous les chefs de l'opposition, et, en un
instant, toutes les boutonnières arborè-
rent les couleurs du candidat, et le suffrage fut enlevé à l'unanimité.

Cependant Fabrice était retenu prisonnier attendant avec impatience le jour
de l'audience durant laquelle sa cause
devait être appelée. Sa conscience était
calme, il était certain de ne point s'être
trompé; mais il avait eu le tort impardonnable d'accuser sans pouvoir fournir
des preuves à l'appui de ce qu'il avançait.

Un soir, la porte de son cachot s'ouvrit

à une heure inaccoutumée, un homme masqué se présenta.

—Que me veut-on? demanda Fabrice en se relevant tout à coup.

— Vous allez le savoir, répondit le visiteur.

— Martinez! s'écria Fabrice en reconnaissant la voix.

— Non pas don Martinez, mais lord Hasting, membre de la chambre des Communes.

— Infâme!

— Toujours le même! dit lord Hasting avec un calme imperturbable.

— Sortez, misérable, sortez!

— Pas encore.

— Voyons! parlez... que vous faut-il? Hâtez-vous, car votre présence me révolte, votre regard fait bouillir mon sang.

— Soyez plus calme, Fabrice, vous voyez bien que votre colère m'est indifférente.

— Oui, vous avez le sang-froid de la dépravation.

— Brisons là.

— Expliquez-vous et sortez.

— Vous avez été assez imprudent pour vouloir me reconnaître, c'est un tort que vous pouvez payer de votre vie.

— Je le sais...; après?

— Je ne le veux pas.

— Vous resterait-il quelque chose d'humain? demanda Fabrice surpris de rencontrer un scrupule chez cet homme.

— Je veux favoriser votre fuite; vous quitterez l'Angleterre; je vous donnerai de l'or, et vous ne reparaîtrez jamais à Londres...; faites-m'en le serment.

— Vous serez donc lâche jusqu'au bout! Vous venez maintenant m'offrir un peu de cet or que vous m'avez volé.

— N'avez-vous pas dit que vous n'aviez pas de preuves?

— Oui, Martinez, je l'ai dit parce que

cela est... Mais si tu échappes à la justice des hommes, tu ne pourras te soustraire à celle de Dieu.

Il y eut un moment d'hésitation entre les deux anciens amis qui se dévoraient du regard prêts à s'élancer l'un sur l'autre. Mais Martinez, comme une bête fauve qui couve sa proie, renferma dans son cœur l'impatience qui le rongeait, et s'efforça de conserver ce masque d'assurance calme et impassible.

—J'ai acheté le dévouement des gardiens de votre prison ; vous pouvez fuir sans être surpris : prenez ceci...

Lord Hasting présenta une bourse à Fabrice.

Le prisonnier, jetant cette aumône loin de lui, reprit avec dignité :

—Je ne veux pas de transaction avec vous, milord le faussaire.

Réfléchissez bien.

— J'ai réfléchi... je refuse.

— Que voulez-vous alors ?

— Tout ou rien.

— Eh bien ! vous n'aurez rien.

Et lord Hasting sortit.

Une heure après, un médecin se présenta à la prison pour constater la folie de Fabrice Gomez ; il l'examina, le fit causer longuement, et déclara qu'en son âme et conscience il ne le croyait point atteint d'aliénation mentale, que sa raison était tout à fait saine, malgré la fièvre ardente qui le dévorait.

Cette déclaration était l'arrêt de Fabrice.

Le lendemain, quatre hommes furent introduits auprès du pauvre Espagnol.

—Le tribunal, sans vous entendre, a prononcé votre arrêt, dit celui qui paraissait le chef de la petite troupe ; vous êtes condamné à la déportation... Suivez-nous.

13

On traversa de longs et sombres corri-
dors au milieu du plus profond silence.
Arrivés dans une cour intérieure, on fit
monter Gomez dans une voiture qui sortit
par un guichet donnant sur une rue dé-
serte, et l'on partit au galop jusqu'au
port.

Parvenu sur le quai, on emmena Fabrice sur un navire qui mit à la voile un
quart d'heure après.

Le lendemain, le capitaine fit appeler
Fabrice.

— C'est bien vous qui êtes Fabrice Gomez ?

— Oui, capitaine.

— Votre passage est payé jusqu'à Séville.

— Où allons-nous donc ?

— En Espagne. J'ai, de plus, cent
livres sterling à vous compter.

Fabrice comprit tout.

Martinez n'avait pas osé le laisser condamner, et avait voulu le sauver malgré lui.

CHAPITRE X.

Ren-
contre impré-
vue dans la cathé-
drale de Sé-
ville.

EU de temps après,
un homme était
dans la cathédrale
de Séville, dévo-
tement courbé par
la prière et les
chagrins; il ne
s'apercevait pas
que le soleil disparaissait à l'horizon et
illuminait les vitraux des derniers rayons

de sa clarté douteuse. Aucun fidèle n'é-
tait plus agenouillé devant le sanctuaire,
les cierges de cire blanche s'étaient
éteints dans les candélabres, une lampe
veillait seule devant le maître-autel.

Un pas cadencé se fit entendre derrière lui; il sentit un bras s'abaisser sur
son épaule, et une voix murmura :

—Frère, il est temps de suspendre votre prière et de sortir ; il fait nuit.

— Encore une minute, répondit l'inconnu sans relever la tête.

— Faites promptement, continua le
gardien ; l'heure est venue de fermer les
portes.

Au moment où cet homme se disposait
à sortir, la clarté de la lanterne que tenait à la main le gardien de l'église illumina son visage, et un cri fit résonner
les voûtes de la grande nef.

—Ciel ! je ne me trompe pas !

— C'est vous !....

— Cette figure.... riposta le gardien.

— Ces cheveux blanchis.... reprit l'é-
tranger.

— Ces yeux creusés:....

— C'est Pérès !

— C'est le senor Fabrice.

— Mon bon serviteur !

— Mon pauvre maître....

Et ils s'embrassèrent du plus profond
du cœur.

Ces deux hommes se regardèrent longtemps avec tristesse. Pérès versait des
larmes en voyant le manteau usé qui re-
couvrait les guenilles de Fabrice. Fabrice, de son côté, était retombé dans
une profonde rêverie; son regard terne
et immobile s'était fixé sur les dalles de
l'église; des rides nombreuses plissaient
son front, et le sourire amer qui con-
tractait sa bouche semblait vouloir dire :

— Me voilà donc encore une fois en
présence de mon ancien domestique, plus

humble, plus pauvre que lui; la foudre
frappe toujours le chêne élevé et res-
pecte le faible roseau! Fou que j'ai été de
vouloir remonter au-dessus de la misère!
Fou qui n'ai pas compris que j'étais trop
faible pour lutter avec le fripon parvenu!
Fou qui, après tant d'épreuves, n'ai pas
su me résigner à vivre les jours si tristes que je me suis faits! L'influence de ma
mauvaise destinée a rejailli sur tous ceux
qui m'ont approché : si mon père est
mort, n'est-ce pas à cause de moi? n'est-
ce pas moi que le ciel voulait punir en
poursuivant l'équipage du San-Fernando
d'une aussi horrible tempête? La pro-
scription de don Funaro, la mort de don
Olivarès, la ruine du saltimbanque Osorio, tout cela, n'en suis-je pas la cause?
tout, jusqu'au malheur de ce pauvre Pérès lui-même, qui se serait paisiblement
endormi dans la maison de mes pères
quand son grand âge aurait eu épuisé ses

forces! Que vais-je devenir maintenant?

Pérès n'osait interroger Fabrice : il craignait de réveiller une douleur endormie pour un moment en le remettant sur la voie de ses vicissitudes.

—Depuis quand êtes-vous à Séville, senór Gomez? demanda timidement Pérès.

— Depuis trois jours.... et toi, Pérès?...

— Vous savez que lors de votre établissement commercial de Barcelone vous m'aviez autorisé à venir tout près de Séville voir ma fille... j'y reçus la nouvelle de votre ruine; ne devant plus toucher la pension que vous aviez la générosité de me payer, je vins ici où un vénérable frère Bernardin me fit avoir la place de gardien de la cathédrale.

—Tant mieux, Pérès; Dieu m'est témoin qu'au milieu de ma détresse ton souvenir est venu souvent à ma pensée;

je me demandais si le ciel n'aurait pas pitié de ta vieillesse, et si personne ne te secourrait.

— Parlons de vous, maître.... avez-vous quelques ressources ?

— Aucune, Pérès...

— Eh bien, maître ! puisque les temps sont changés, acceptez l'hospitalité que je suis assez heureux de pouvoir vous offrir, et Dieu, qui est grand et miséricordieux, viendra à notre secours.

— Qu'il soit fait selon ta volonté, dit Fabrice avec résignation en suivant Pérès vers la porte de la sacristie. Le gardien s'était assuré que tout était tranquille, il éteignit la lanterne, et emmena Fabrice chez lui.

Un souper frugal fut bientôt servi sur une table grossière ; et un lit que le bon cœur de Pérès ne pouvait rendre meilleur fut généreusement abandonné à Fabrice Gomez.

Le lendemain matin, Pérès, qui avait peu dormi, entra de très-bonne heure dans la chambre où reposait Fabrice.

— Bonjour, maître.

— Bonjour, mon bon Pérès.

— Vous m'avez dit hier que vous étiez sans aucune ressource.

— Hélas! ce n'est que trop vrai.

— Alors, vous ne repousserez pas la proposition que j'ai à vous faire.

— Parle.

— Je n'ose vraiment... vous, le fils d'un alcade...

— Va toujours, Pérès; à force de comprimer mon amour-propre, j'ai fini par l'étouffer.

— Alors je vais vous dire l'idée qui m'est venue cette nuit.

— Voyons cette idée.

— La voici.

— J'écoute.

— Le suisse de la cathédrale est mort

il y a quelques jours, et n'est pas encore
remplacé.

— Après.

— C'est une charge qui peut rapporter,
bon an mal an, le double de la mienne.

— Que ne la demandes-tu?

— Non pas, maître, je suis trop vieux,
et puis je connais quelqu'un à qui cela
irait beaucoup mieux.... qu'en dites-
vous?

— Je n'en sais rien, répondit Fabrice,
qui n'avait jamais pu prévoir qu'il deviendrait suisse de cathédrale.

— Comment, vous ne comprenez pas
qu'il est question de vous?...

— Moi!... allons, soit! fit Gomez avec
un soupir plein d'amertume et de regret.

Pérès s'occupa aussitôt de son protégé,
et obtint facilement ce qu'il demandait;
aussi, à quelques jours de là, Fabrice se
tenait à la grille du chœur, la hallebarde
à la main.

Les chagrins qu'avait essuyés Fabrice l'avaient réduit à un état de maigreur pitoyable ; il paraissait aussi vieux que Pérès ; sa figure était engloutie sous l'ampleur de son chapeau à plumes ; les enfants de Séville l'accompagnaient d'éclats de rire et de quolibets lorsqu'il traversait la place.

Les plus méchants s'amusaient à exciter les chiens contre lui; son costume éclatant ne contribuait pas peu à entretenir l'aboiement de ces animaux.

D'autres lui plongeaient des épingles dans les jambes.

Ceux-ci tendaient une corde entre deux piliers pour le faire tomber.

Ceux-là venaient frapper à sa porte à toute heure de nuit; car certains enfants, au lieu de respecter la vieillesse, la tournent en ridicule; au lieu de plaindre les infirmités qui frappent le vieillard, s'en amusent, et se plaisent à augmenter encore ses souffrances ; c'est une méchanceté que l'on encourage trop souvent en la traitant comme une simple espiéglerie.

Fabrice Gomez supportait tous ces tourments sans se plaindre ; sa captivité à Londres semblait avoir éteint toutes ses facultés ; par moment il tombait dans une espèce de mutisme complet, ou s'il répondait à une question qui lui était faite, sa réponse n'avait aucun sens, c'étaient des mots baroques ne se liant pas ; on eût dit que la sensibilité avait cessé chez lui.

Cette existence-là dura quelque temps ; le vieux Pérès souffrait de voir son ancien maître dans un état aussi triste ; bientôt un événement épouvantable vint y mettre fin.

Un soir, tandis que le chapitre était réuni dans le chœur de la cathédrale, tandis que la foule encombrait les chapelles pour assister à *Complies*, on entendit un roulement sourd et prolongé, puis l'église fut illuminée soudainement d'une clarté éblouissante qui venait du dehors.

Un cri circula bientôt de bouche en bouche, les fidèles se poussèrent, se heurtèrent les uns contre les autres en allant vers les portes, et répétant ce cri terrible, ce cri qui glace d'épouvante :

— Au feu ! au feu ! !

On vit bientôt la giralda, cette flèche élancée, chef-d'œuvre d'architecture gothique, entourée de langues de feu qui semblaient la dévorer de caresses ; l'épouvante était générale ; les secours les plus prompts étaient nécessaires, car un vent impétueux soufflait, et l'incendie de la cathédrale eût bientôt occasionné celui d'une portion de la ville.

Pérès et Fabrice reçurent l'ordre de monter avec le sonneur dans la giralda pour s'assurer du foyer de l'incendie, en attendant que des secours arrivassent ; ils montèrent tous trois l'escalier, qui

tremblait sous leurs pas ; à peine furent-
ils parvenus sur la plate-forme, qu'une
portion s'écroula, précipitant les malheureux d'une hauteur de soixante pieds.

Pérès et le sonneur furent tués dans la
chute ; Fabrice Gomez fut horriblement
mutilé.

On s'occupa de l'incendie, et Goméz
demeura évanoui sur le corps de ses
deux compagnons d'infortune pendant
plusieurs heures.

Quand on devint maître du feu, on
s'occupa de ces malheureux, et Fabrice
Gomez fut porté dans l'hospice le plus
voisin.

CHAPITRE XI.

Fa-
brice Gome se
trouoe entre la mort
et trois méde-
cins.

ABRICE GOMEZ revint à lui; il se vit entouré de malades poussant des gémissements arrachés par la douleur.

Trois médecins étaient autour de lui.

Le premier tenait son bras et comptait les pulsations de son pouls.

Le second examinait les fractures de ses membres.

Le troisième mettait la main sur son cœur, comme pour y chercher la vie prête à s'échapper.

Tous trois se rapprochèrent, et après s'être consultés quelques instants, ils se résumèrent par ces mots solennels :

— Cet homme est dans un état désespéré, il sera mort avant ce soir.

Cet arrêt arriva aux oreilles de Fabrice ; il réunit toutes ses forces, souleva son bras, fit un signe de croix et recommanda son âme à Dieu.

Le soir, ainsi que l'avaient prédit les médecins, Fabrice Gomez avait rendu le dernier soupir.

CHAPITRE XII.

La nuit porte conseil. — Chaque chose a son temps.

N cet instant, la cloche du dortoir des frères franciscains s'agita avec violence : c'était l'heure du lever.

Le soleil empourprait déjà les coteaux de ses rayons dorés; les chants des oiseaux se balançant sur les branches des genêts en fleur, se croisaient et formaient un délicieux concert; l'air était chargé des aromes e nivrants de la campagne. Les fenêtres s'ouvrirent, le vent frais du matin vint faire grincer les rideaux sur leurs tringles de fer.

Fabrice Gomez se mit sur son séant.

Il regarda fixement le crucifix placé en face de son lit, il se frotta plusieurs fois les yeux, se toucha les bras, les jambes et la tête à plusieurs reprises, pour bien s'assurer qu'il était jeune encore.

Jugez de la surprise du pauvre Fabrice Gomez, qui venait d'expirer dans un lit d'hôpital, et se réveillait simple écolier au milieu de ses camarades de l'école de Barcelone!

Tous ces événements, qui s'étaient succédé avec tant de tristesse, n'étaient que de sages avis que le ciel lui avait envoyés pendant son sommeil.

Avec quelle joie aussi s'écria-t-il :

— Ce n'était donc qu'un rêve !

Oui, un rêve pendant lequel toutes les conséquences de l'étourderie qu'il méditait d'accomplir, se déroulèrent à ses yeux.

Il s'agenouilla derrière les draperies de son lit, joignit les mains, et, levant les regards vers le ciel, il murmura avec ferveur :

—Merci, mon Dieu ! votre bonté a voulu m'éclairer dans les ténèbres de mon erreur, et me retenir sur les bords de l'abîme où m'eût précipité ma folie. Merci, mon Dieu... mon père vit toujours! je pourrai encore baiser ses cheveux blancs, je pourrai reposer ma tête sur son cœur généreux!... Cette maison, héritage de famille où ma sainte mère mourut, où mon père s'endormira du sommeil du juste; cette maison, palais de mon bonheur, tombeau de mes douleurs, n'est pas devenue la proie de la jalousie et de l'avarice;... mon nom, celui que mon père m'a transmis pur et sans tache, n'a pas été souillé... je n'ai pas tendu la main au passant pour mendier mon pain... je n'ai pas été vagabond, errant, sans asile, comme je l'avais cru... Je puis, grâce à cet avis du ciel, avoir une destinée heureuse... Mon Dieu, mon Dieu, votre miséricorde est infinie !

Remis du désordre que la nuit avait jeté dans son esprit, notre écolier descendit à l'étude, et relut la lettre de son père, qu'il avait reçue la veille.

Il lui répondit aussitôt en ces termes :

« Mon bon père,

« Si je ne vous faisais l'aveu sincère « d'une faute que je voulais commettre « hier soir, il me semble que ma con-« science ne serait point tranquille.

« Je m'en voudrais aussi si je ne vous

« expliquais par quel avertissement pro-
« videntiel j'ai été tout à coup rappelé
« dans la voie de la raison.

« Lorsque votre dernière lettre m'est
« parvenue, au lieu de me rendre à la
« sagesse de vos conseils, mon père, au
« lieu de reconnaître que mon bien, mon
« bonheur, étaient vos seuls souhaits, je
« ne vis dans votre ordre, pardonnez-
« moi cette faute, je ne vis qu'une ty-
« rannie, un abus d'autorité paternelle
« qui me révoltait; j'avais donc résolu
« de braver votre volonté et de fuir cette
« école dont je souhaitais tant sortir.

« Après avoir pleuré longtemps sur
« mon sort que je trouvais bien triste,
« je me suis endormi; alors, un songe,
« que je bénis, est venu me retracer tous
« les périls auxquels je m'exposais, tou-
« tes les misères qui m'attendaient à la
« porte de la vie, si je succombais à
« cette fatale tentation.

« Hélas ! mon père, je n'ai pas tardé
« à voir l'insuffisance de cette éducation
« à peine ébauchée et que je croyais si
« complète ! au lieu d'une existence cal-
« me, honorable et douce, je me suis vu
« abandonné de tous, déshonoré, traî-
« nant les haillons de la misère.

« Ah ! vous avez bien raison, toutes
« les positions de la vie ont leurs dou-
« leurs imprévues ; j'ai vu dans ce songe
« que celui qui se croit le plus en garde
« contre les coups du sort est souvent le
« plus exposé à leur atteinte ; j'étais ri-
« che, heureux, envié de tous, et tout
« à coup je me suis trouvé dépouillé,
« réduit à fuir mon pays, condamné à
« accepter la vie errante des Bohé-
« miens.

« Autant je mettais d'éloquence à vous
« prier de me rappeler vers vous, autant
« je mettrai d'ardeur maintenant à vous
« conjurer de me laisser longtemps ici.

« Je suis corrigé de ces désirs insensés,
« de cet amour inopportun de liberté ;
« une nuit a suffi pour me faire com-
« prendre tout le bien-être de ma posi-
« tion, tout le prix, surtout, de l'étude.

« Désormais, je travaillerai avec bien
« plus de zèle, et j'espère que vous n'au-
« rez qu'à vous louer de mon application
« et de ma conduite.

« Adieu, mon bon père, dites-moi que
« vous pardonnez l'aveuglement où j'ai
« pu m'égarer, et croyez-moi

« Votre fils bien soumis,
« FABRICE GOMEZ. »

Quand Fabrice Gomez écrivait cette
lettre à son père, il était encore sous l'influence de ce rêve pénible qui l'avait
torturé durant la nuit entière. La leçon
l'avait frappé d'une manière trop éner-
gique pour qu'elle ne fût pas profitable,
aussi, dès ce jour, travailla-t-il avec une

ardeur nouvelle ; chaque année qui s'é-
coulait était fructueuse pour lui. Si bien
que son père l'alcade quitta Pampelune
pour venir embrasser Fabrice, qui lui
faisait éprouver une si douce satisfaction au milieu de sa vieillesse.

Depuis cette nuit, le caractère de cet
écolier était complétement changé; il avait
pris une teinte sérieuse peu commune
chez les jeunes gens de son âge; les heures
qu'on lui accordait pour le repos, il les
employait à l'étude des langues qui n'é-
taient pas enseignées dans l'école, et bien
des fois les premiers rayons du jour le
surprirent penché sur un livre de philosophie ou de mathématiques.

En quelques années, Fabrice fut en
état de quitter ses camarades, qu'il avait
devancés de beaucoup, et il put aller à
Salamanque pour obtenir son brevet de
bachelier.

EPILOGUE.

CINQUANTE ans, jour pour jour, après la sortie de Fabricé Go- mez de l'uni- versité de Sala- manque, il y avait un mou- vement inac- coutumé dans les rues de Madrid, capitale de toutes les Espagnes; le palais Villa- Réal, tendu de noir, était entouré par la foule qui se pressait. Au-dessus de la porte brillait un riche écusson surmonté de la couronne ducale entourée d'un cartouche où brillaient ces mots en lettres d'or :

LABORE ET PATIENTIA.
Par le Travail et la Patience.

Au-dessous de l'arcade était un cercueil couvert de velours sur lequel on distinguait l'ordre de la Toison-d'Or et plusieurs autres décorations; des faisceaux de cierges enchâssés dans des candélabres d'argent éclairaient cette chapelle ardente dont l'entrée était défendue par plusieurs soldats.

Celui qui venait de mourir était le duc de Villa-Réal, premier ministre du roi d'Espagne.

Le duc de Villa-Réal était arrivé à cette charge importante dans un moment difficile; l'état se trouvait obéré d'une foule d'obligations, et le trésor était appauvri d'autant. Par un sage système qu'il établit dans le maniement des finances, il parvint à faire renaître l'aisance sans cependant augmenter les charges du peuple; aussi, chose rare pour un homme politique, était-il aimé et vénéré de tous.

Sa mort fut donc un sujet de larmes pour tous, et chacun voulait se trouver sur son passage pour lui dire un éternel adieu.

Bientôt les personnages les plus éminents de la cour, les savants les plus distingués, les officiers supérieurs de l'armée, arrivèrent au palais en fendant avec peine la foule qui grossissait sans cesse dans les rues voisines; les troupes, l'arme inclinée sous le bras, vinrent aussi faisant entendre les roulements lugubres des tambours voilés de crêpe.

Le clergé, revêtu de chapes, de chasubles et de dalmatiques de velours noir, rehaussées d'argent, ne tarda pas à se

présenter, précédé de moines de tout ordre et de chantres psalmodiant, accom-
pagnés par la voix stridente des ser-
pents.

Le convoi se mit en marche vers la
cathédrale; un caveau avait été préparé
pour la sépulture; on y descendit le cercueil après l'office divin, et la foule s'é-
coula en murmurant une prière qui s'é-
leva vers le ciel comme l'encens du maître-autel.

Le personnage que l'Espagne venait
de perdre n'était pas d'une vieille noblesse; loin de là, il ne tenait ses titres
que de la munificence royale qui l'avait
distingué quand il était recteur d'une
université et professeur de philosophie.

Avant d'être le duc de Villa-Réal,
ministre d'état, avant d'être recteur
d'université, professeur de philosophie,
cet homme avait porté un autre nom;
il s'était appelé, alors qu'il était à l'é-

15.

cole de Barcelone : Fabrice Gomez.

L'écolier, fils d'un simple alcade, parvenu à un rang si élevé dans les dignités de l'état, fut une nouvelle confirmation de cette pensée si juste empruntée aux Arabes :

AVEC

DU TRAVAIL

ET DE LA PATIENCE,

LA FEUILLE DU MURIER

DEVIENT SATIN.

LE FILS

DU

BRACONNIER.

LE FILS
DU BRACONNIER.

L'HIVER de 1829 fut si rude, que, même dans le midi de la France, les orangers et les oliviers, ces deux sources de richesse, furent presque tous tués par le froid.

En Écosse, les rigueurs de la saison

se firent sentir d'une manière bien plus cruelle encore ; elle n'oublia rien dans son cortége de larmes, de douleurs et de misères. La neige avait blanchi d'une couche épaisse et humide le toit des cheminées ; la glace couvrait tous les ruisseaux serpentant au pied des montagnes ; chaque arbre étendait tristement ses rameaux couverts de mille broderies de glace.

Dans le comté de Derby, tout près du noble château de Castleto, qui élève dans les nuages grisâtres ses tours crénelées et moussues, se cachait loin du bruit, sous des buissons sauvages, une chaumière pauvre et vieillie.

La nuit était venue plus froide encore que la journée.

Willams Edwins ouvrit la porte de cette habitation, jeta à terre le faisceau de ramée qu'il avait réuni à grande peine, et dit à sa femme qui était accourue :

— Brigitte, fais-nous du feu.

Et tandis que son fils Georges l'embrassait avec tendresse, une larme roula sur la joue du Braconnier.

Brigitte alluma les branches, qui pétillèrent bientôt en jetant une vive lueur dans la cabane, qui jusqu'alors était restée plongée dans la plus profonde obscurité.

Il n'y avait que trois personnes : le père, la mère et l'enfant.

Tous trois portaient sur leurs traits flétris l'empreinte de la résignation et de la misère.

Loin de se plaindre de leur détresse, ils l'avaient acceptée jusqu'à ce jour comme une volonté immuable du ciel.

Willams et Brigitte avaient les cheveux blanchis beaucoup plus par la souffrance que par les années.

Georges n'était âgé que de douze ans ; il était pâle et frêle comme une jeune fille, mais ses yeux noirs et brillants annonçaient une énergie de résolution bien au-dessus de son âge. Par moments, son regard s'attachait sur un point de la chaumière, le fixait avec opiniâtreté, une légère rougeur colorait son front, puis il passait la main dans ses cheveux comme pour chasser une pensée trop lourde pour sa jeune imagination.

Tous trois se pressaient devant l'âtre pour réchauffer leurs membres amaigris, tous trois étaient silencieux ; le vent seul, qui soufflait à travers les fentes de la porte, faisait entendre sa voix effrayante.

Brigitte se leva silencieusement, alla vers une armoire, y prit l'unique morceau de pain qui restait, et le donnant à Georges, lui dit avec l'accent que la tendresse d'une mère sait si bien trouver :

—Tu dois avoir faim et sommeil; tiens, mon enfant, mange ce pain et va reposer. L'enfant reçut le pain et dit avec inquiétude :

— Et vous autres ?

— Je n'ai pas faim, dit Brigitte.

— J'ai déjà mangé, répondit Willams. Georges les embrassa avec reconnaissance.

— Bonsoir, père, bonne nuit ! répétat-il en gagnant le lit de mousse et de feuilles sèches ramassées en automne, que Brigitte avait soigneusement placé près de la cheminée, derrière quelques planches formant cloison ; et il s'y jeta avec tristesse.

Quand le braconnier pensa que son enfant devait dormir, il se décida à rompre le silence.

— Qu'allons-nous devenir ?

— Si nous n'avions pas un enfant, répondit Brigitte avec un soupir, que nous ferait le froid ?... que nous ferait la faim ? Nous attendrions tranquillement la mort.

— Mais que deviendrait Georges sans nous?

— Oh! cela fait pleurer! continue Brigitte en sanglotant.

— Tu as raison, cela fait pleurer, pleurer un homme!

— Et dire que nous n'avons plus d'espoir!

— Non, plus d'espoir!

— Mon Dieu, reprit la mère effrayée, comment ferons-nous demain quand il pâlira de faim... demain qu'il ne restera plus de pain.... Et les pleurs étouffèrent sa voix.

— Tais-toi... femme..., tais-toi....

Un rayon d'espérance illumina le front de Brigitte, elle continua :

— Williams, si tu voyais le comte.

— Impossible.

— Il est venu à son château de Castelto....

— Je le sais, interrompit Williams.

— Eh bien !....

— Écoute, et tu jugeras si nous ne sommes pas perdus à jamais.

— Parle, Williams.

— Ce matin, tandis que je me glissais furtivement dans le parc pour tâcher d'avoir quelque chose à vendre au plus prochain village, j'entendis remuer les broussailles ; je m'apprêtais à un coup heureux, lorsque trois garde-chasse parurent ; ils m'ont pris mon fusil en me disant que tel était l'ordre du comte, venu au château pour se livrer au plaisir de la chasse.

Brigitte n'osa plus parler. Le feu s'éteignit.

Les deux malheureux cherchèrent sur leur lit un sommeil qui étouffât leur faim.

Quelques instants après, les feuilles craquèrent doucement, Georges déposa sur une table son morceau de pain in-

tact, donna un baiser d'adieu à ses parents endormis, ouvrit furtivement la
porte et disparut dans la montagne.

II.

LA PREMIÈRE AUMÔNE.

A neige tombait par flocons épais, pressés, et glaçait les membres du jeune voyageur; il pleurait, tant ses douleurs étaient vives, mais il continuait sa route, car Georges voulait accomplir le sacrifice qu'il s'était imposé.

Au jour, il arriva au village de Kirtny. Tant d'efforts l'avaient épuisé : il tomba devant une maison de modeste apparence.

Il demeura quelques instants dans cet état d'abandon, lorsque la porte s'ouvrit, et le maître de la maison, constable du pays, s'empressa de le recueillir chez lui.

Le pauvre Écossais se ranima peu à peu à la douce chaleur d'un bois sec. Quand l'enfant fut complétement revenu à lui, le constable fouilla dans sa bourse et lui donna quelques guinées, tandis que sa femme apportait de son côté un manteau qui avait servi à leur fils.

L'enfant bénit les mains qui le secouraient si généreusement, puis, se tournant vers le domestique, il lui dit avec douceur :

— Vous appartenez à de trop bons
maîtres pour me refuser la grâce que je
vous demande à genoux.

— De quoi s'agit-il?

— Prenez cet argent, prenez ce manteau, portez tout cela à mon père, à ma
mère, qui souffrent le froid et la faim....

— Et vous, pauvre enfant?

— Dieu veillera sur moi!

Le domestique accepta.

Ils sortirent ensemble.

Georges lui indiqua le chemin de Castleto et marcha d'un autre côté. Avant
de quitter Kirtny où il avait reçu sa première aumône, il mit un genou en terre,
et, levant les yeux au ciel, il commença
avec une angélique résignation :

—Mon Dieu! vous qui savez quel sen-
timent me guide, étendez sur moi votre
bras miséricordieux, donnez-moi la force
d'accomplir le bonheur de ma famille;
veillez sur le pauvre exilé et comblez de

vos bienfaits les cœurs généreux qui, les premiers, ont pris en pitié mes larmes et ma misère.

Puis il essuya les pleurs qui inondaient ses joues, et se remit en marche.

III.

DÉVOUEMENT ET COURAGE.

E villages en bourgs, de hameaux en villes, il arriva à Londres.

Dans chaque halte qu'il fit, il parvint à envoyer quelques secours à sa famille, fruits de son travail ou de la pitié publique, gardant toujours bien peu pour lui-même.

A Londres, Georges entra chez un mécanicien habile. Il grandit auprès de son maître, qui le traitait avec bonté, car dans Georges Edwins, on trouvait cette honnêteté, cette douceur et cette activité qui font toujours réussir, et qui renversent les barrières que l'intrigue élève sous nos pas, quelle que soit leur hauteur.

L'exilé apprit à écrire, et toutes les fois qu'il pouvait joindre aux vœux de son cœur, aux épanchements de son âme, quelques guinées amassées avec persévérance et courage pour ses bons parents, c'était un beau jour pour lui, une heure de joie indicible.

Le temps s'écoula ainsi ; 1836 lui apporta sa dix-huitième année.

Un jour du mois de mai, Georges passait sur un quai ; il vit un groupe qui poussait des cris d'effroi ; au milieu , un homme se faisait remarquer par sa douleur plus vive , ses vêtements élégants et sa figure noble.

Il criait avec désespoir :

— Ma fille ! ma pauvre fille ! sauvez-la.....

Et personne ne courait au secours de la pauvre enfant.

·— Sauvez-la ! reprit avec des larmes le père infortuné.

—Ma fortune à qui la sauvera !

Georges, n'ayant entendu que des cris confus , regarda dans la Tamise et aperçut un voile qui flottait sur l'eau. Ne consultant que son courage , il s'élança , et disparut sous ces eaux tristement grises.

La pâleur du noble Anglais augmenta encore ; il murmura en frémissant :

— Mon Dieu ! mon Dieu ! s'il allait me la rapporter morte !

Bientôt Georges se montra sur la berge, tenant dans ses bras une jeune et blonde fille évanouie ; il la remit au vieillard ivre de joie, et, sans se soucier des bravos de la foule et de ce qui lui était offert, il s'enfuit en courant.

Georges ne voyait dans ce dévouement héroïque que l'accomplissement d'un devoir sacré.

IV.

HUIT ANS APRÈS.

UELQUES jours
après, Georges
Edwins lut dans
les papiers pu-
blics :

*Lord Dudley,
membre de la
Chambre des com-
munes, prévient le sauveur inconnu de*

17

sa fille qui se noyait dans la Tamise,
le 3 mai 1836, qu'il ait à passer à son hôtel
d'Hyde-Park, 7.

Georges hésita longtemps avant de se
déterminer à s'y rendre ; enfin, prenant
son courage à deux mains et pensant à
sa mère, il se mit en route pour Hyde-
Park.

— Qui demandez-vous ? fit un domestique d'un ton assez méprisant, en voyant
le costume simple de l'ouvrier qui con-
trastait si fort avec le sien, galonné sur
toutes les coutures.

— Ton maître lord Dudley, répondit
Georges en se redressant.

— Il n'y est pas.

— Il y est, vous dis-je.

— Quand il y serait ; il faudrait encore
qu'il voulût consentir à vous recevoir.

— Il y consentira.

— Pas possible ! continua le valet avec
un air railleur.

— Mieux que cela, il m'attend.

— Et qui faut-il annoncer?

— Le sauveur de sa fille.

A ces mots, tous les valets se découvrirent devant lui et l'amenèrent aussitôt près de leur maître.

Tels étaient les ordres qu'ils avaient reçus.

Lord Dudley accueillit Georges avec l'affabilité que dictait la reconnaissance.

— Parlez, lui dit-il, et ce que vous me demanderez, je vous le donnerai, fût-ce ma terre du Northumberland, fût-ce mon hôtel de Regent Street!

— Non, Milord, répondit timidement Georges, je désire moins que tout cela. Je suis né pauvre, je ne veux l'aisance que par le travail : le pain paraît meilleur quand on l'a gagné.

— Que voulez-vous alors? repartit le gentilhomme, surpris de cette délicatesse à laquelle il était loin de s'attendre.

Georges raconta naïvement son histoire, élevant toujours bien haut les vertus de ses parents sans parler des siennes.

— Je demande à votre grâce, ajouta-t-il, une pension pour mon père, et pour moi, une place parmi vos gens.

— Que dites-vous !..... vous avez le cœur trop noble pour être valet... Savez-vous lire ?

— Oui, Milord, un précepteur qui m'avait pris en amitié m'a mis à même de tenir les comptes de M. Patrick, mon maître.

— Eh bien ! dès aujourd'hui, vous êtes surveillant de mon usine de Kidney.

Décrire la surprise de Georges serait chose impossible. Il regarda avec étonnement son bienfaiteur, puis un instant après, il s'écria :

— Aujourd'hui, avez-vous dit ?

— Aujourd'hui même vous partirez.

— Non, pas encore, Milord!...

. — Que signifie ?

— Souffrez que j'aille embrasser mon père, ma mère, qui ont vieilli loin de moi.... huit ans loin d'eux, huit ans ! il faut que je les revoie.

Lord Dudley fit mettre une chaise de poste à la disposition de Georges, qui partit à l'instant même pour le comté de Derby.

Descendu au pied de la montagne, il la gravit tout seul jusqu'à la cabane qui avait entendu son premier cri.

Georges ne put retenir les battements de son cœur en apercevant les oiseaux de proie que son père avait cloués sur la porte d'entrée.

Georges n'osait frapper.

Il colla son œil aux fentes des planches, il revit son père, il revit sa mère, et il entra en s'écriant :

— Je suis Georges Edwins, votre enfant, qui vous aime toujours !

17.

. . . .

C'était un bonheur si grand, une joie si inattendue, que tous trois se crurent abusés par un songe.

Mais quand arriva le valet de lord Dudley, ils reconnurent la vérité, et tous trois bénirent Dieu, qui avait tout conduit.

LE

PETIT NOIR.

LE

PETIT NOIR.

IL me souvient, quoique bon nombre d'années aient affaibli ce souvenir, d'une pauvre négresse, menant par la main un petit noir qu'elle présentait aux passants afin de se recommander à leur pitié.

La bonne qui me conduisait chaque soir à la promenade (c'était à Marseille), me les montrait tous les deux du doigt pour m'en faire peur et m'empêcher de pleurer. Le moyen manquait rarement son effet : car, à mon âge, c'était le diable que cet enfant se roulant dans le sable d'une allée, ainsi qu'un singe, en montrant ses dents blanches à travers ses lèvres noires.

Pour tout autre que moi, cette femme hâve et décharnée était effrayante lorsque, sous son madras rouge, elle tendait les mains et vous adressait des paroles incompréhensibles; moi, je ne voyais que le petit noir qui grimaçait, et ma bonne s'en servait plus que de la négresse, afin de m'intimider. Cependant elle s'aperçut avec peine que je commençais à m'habituer petit à petit à la grosseur de la tête de mon épouvantail, à ses cris aigus, à ses gambades, et que je ne

m'effrayais plus devant sa mère, si maigre et si triste. Insensiblement je m'approchai du négrillon ; quelques jours
après, j'osai davantage ; puis je finis par
comprendre son infortune et par lui donner un sou.

Tout étonné qu'il ne m'eût point lancé
un coup de griffe, je lui adressai les
questions qui me vinrent à l'esprit ; je
crois que je lui demandai son nom et
mille autres choses qui devaient intéresser ma jeune curiosité, qu'il ne put satisfaire ; de sorte que même aujourd'hui
j'ignore quelle vague avait jeté presque
à la porte de mon père, à Marseille, cette
femme et cet enfant nés sous le soleil des
Antilles.

En très-peu de temps ces deux visages
me devinrent familiers ; j'éprouvais déjà
comme un besoin de les voir ; ma petite
volonté se raidissait contre le refus par
lequel on me répondait quelquefois, et

ma bonne, qui m'en effrayait auparavant, ne pouvait plus me contenir qu'en me menaçant de m'empêcher de porter mon sou à l'enfant de la pauvre négresse. C'était donc un pensionnaire que je m'étais donné, un malheureux à qui j'avais fait du bien, un peu d'abord dans la crainte d'en recevoir du mal, et je lui apportais mon secours quotidien, prélevé sur mes amusements ou mes précoces économies, uniquement dans l'idée d'obtenir la permission de jouer un instant avec lui.

Cela durait depuis assez longtemps sur ce pied, quand la mère du petit noir, touchée jusqu'aux larmes de l'assiduité de mon aumône, m'annonça que son fils aurait bientôt appris une moralité de son pays et qu'il.me la réciterait.

Sans deviner tout à fait ce qu'elle me promettait, je me rappelle en avoir éprouvé du contentement; de son côté, elle était toute joyeuse, la pauvre femme! elle avait vu l'industrie de ces Savoyards, qui demandent une pièce d'argent pour une chanson : — Peut-être, pensa-t-elle, en pourrai-je avoir la moitié pour autant.

Elle s'empressa donc de faire la leçon à son enfant, et pas plus tard que le surlendemain, ma bonne m'ayant conduit à la promenade comme à l'ordinaire, j'aperçus le petit noir qui m'attendait impatiemment. Sa mère me sourit en me voyant, et à ce sourire je compris que l'enfant savait sa moralité. Aussitôt, sans me laisser le temps de tirer de ma poche ma petite pièce de deux sous, elle prit son fils par la main, et sans se faire prier, l'infortuné me récita quelque chose que tout d'abord je crus être un mystère. Mais comme à toutes mes visites c'était même accueil pour me remercier, je saisis quelque peu ce qu'il me disait, puis

je le devinai entièrement, puis je le re-
tins si bien que je trouvai un certain
plaisir à réciter la *Moralité* du petit noir
aux enfants de ma connaissance.

A mesure que je grandissais, la leçon
du petit noir me suivait partout; c'était
pour moi un récit de la veille, et maintenant que j'en parle, il me semble encore
que je viens de l'entendre, tant il s'est
gravé dans ma mémoire ; la preuve, c'est
que je vais vous le dire, dans sa naïveté
primitive et dans le patois des nègres des
colonies :

LE GRILLOT ET LA FOURMI.

Comper Grillot, qui dans son la saizon,
   A soir çanté comm' u'n violon,
Quand li temps frais fair' fermé la caze,
   Son la voix n'a pli fair' tapaze,
   La bouss' li sec, bon tems fini,
   Vivres n'a pas, n'a pas maïs,
   Li couri voir madam' Fourmi.
   — Salam donc ma commère !

Ça qui u'n femm!... Son petit magazin
Quand même vidé, toujours li plein ;
Mais dir' moi donc comment vous faire ?
Ensemble vous, moi voulè fair' z'affaire :
   Prête avec moi morceau de riz ?
Quand soleil fini tourné dans la plaine
     Moi va vini ,
     Rendez-vous li ;
Si vous refusé moi , vous fair' moi trop la peine ,
Et quand moi mort, bon Dié va pini vous!
   — Tout ça li bon , dir' Fourmi, mon compère ,
Dans le temps chaud , parlé moi, qui vous faire?
   — Dans le temps chaud, moi n'a pas fou ,
La nuit, le zour, dans millié savanne
     Tout le jour moi çanté,
Comm' u'n mamsell qui va marié.
— Vous çanté, mon zami, à s'ter-là prend ravanne
     Et puis dansé !

Pour la première fois de ma vie , j'assistais à une naïve parodie, et pour la première fois aussi j'apprenais une fable de ce bon La Fontaine; c'était en faire la connaissance assez plaisamment, il faut en convenir.

Au bout d'un certain temps, je fus forcé de quitter le toit paternel. Dès lors,

plus de noir pour moi, plus de sou pour
lui. Égoïste que j'étais, j'emportais sa
moralité et je ne lui laissais rien! Le malheureux enfant! J'ai appris plus tard le
chagrin que lui causa notre brusque séparation. Le soir il venait m'appeler dans
l'allée que nous avions choisie, et il ne
m'y voyait plus courir. Il pleura beaucoup, et passa deux jours sans manger,
car mon sou faisait souvent toute sa recette de la journée; pour sa mère et
pour lui, mon sou était une richesse : ils
étaient sûrs au moins d'avoir du pain le
soir.

Enfin, je rentrai au foyer domestique;
je vins me réchauffer aux baisers de ma
famille. J'avais grandi; je commençais à
me faire homme; et au nombre des choses que je souhaitais le plus revoir à mon
retour, je l'avoue, le petit noir de la négresse n'était pas ce que je désirais le
moins.

Dès que cela me fut possible, sans en rien dire à personne, je courus à la place où jadis se traînait mon petit nègre, comptant l'indemniser du temps perdu; et je ne trouvai plus aucune trace de mon passé ! Le conseil municipal avait fait semer du gazon où brillait ce sable doré qui me servait à construire de fragiles maisonnettes, et des moineaux sautillaient à l'endroit où nous nous roulions joyeusement, pour un sou, mon nègre et moi.

Il y eut un moment où, dans ma tristesse, je crus avoir rêvé ce que je venais chercher, où je pensai m'être trompé follement à l'aide de mon imagination; mais en retournant sur mes pas, confus autant que peiné de ma mésaventure, j'aperçus une vieille négresse assise sur la terre humide et la tête appuyée contre un banc de pierre ; elle était bien changée ! Je la reconnus pourtant.

18.

Ses pleurs, et peut-être aussi le développement de ma taille, l'empêchèrent heureusement de se souvenir de m'avoir vu. En la rencontrant ainsi seule, je n'osai l'interroger ; je pensai que son fils, le petit noir, était mort, et qu'elle aussi allait mourir. Cette idée me déchira l'âme ; je m'approchai pour la secourir, et puis je m'échappai comme un malfaiteur. Ce fut la dernière fois qu'elle soupa de mon argent.

Plus tard, je revins à Paris. On était au commencement de l'hiver, à ce moment où les marronniers des Tuileries n'ont presque plus de feuilles, et où les badauds passent leurs journées devant les feux de cheminée. Le boulevard des Italiens se faisait désert, les passages regorgeaient de promeneurs, le monde se resserrait, et Paris en était revenu à la saison des bals et des fêtes.

Je reçus une invitation pour une soirée

brillante, où je me trouvai mêlé à tout ce que la noblesse et la finance comptent de plus distingué. A travers tous ces genres d'illustrations qui se heurtaient et qui portaient, inscrites sur un mémento, leurs distractions de chaque heure, je fis un cicérone, auquel je parus plaire et qui me plut également au premier aspect.

Quand la nuit fut avancée, et quand je lui parus avoir assez de cette soirée, il me montra l'aiguille de la pendule et m'offrit une place dans sa voiture : j'acceptai. Au moment de nous séparer, mon inconnu me laissa son adresse contre la promesse d'aller le voir. Je n'eus garde d'y manquer.

C'était à quelques jours de notre singulière rencontre ; il demeurait dans le quartier du Palais-Royal. Dès qu'on m'eut annoncé, j'arrivai par de somptueux salons dans un riche cabinet où m'attendait mon protecteur, indolemment assis sur une dormeuse de soie. Son accueil me flatta ; il me combla de politesses et me retint à dîner. Nous semblions de vieilles connaissances de dix ans, et nous causions gaiement, lorsqu'on apporta le café.

Un garçon tenait le plateau : ce groom, dont la face était noire, me fit involontairement songer à mon petit nègre d'autrefois. Ma distraction devint sensible, et d'autant plus inquiète, que le groom de mon inconnu était d'une ressemblance à m'engager dans bien des suppositions. Respectant le secret de ma préoccupation, mon hôte me proposa de visiter le reste de ses appartements ; il me montra ses chiens, me parla de ses chevaux ; moi, je pensais toujours à mon petit noir.

Comme je le voyais au bout de son inventaire, je proposai d'aller aux Italiens, où il m'avait dit avoir une loge. Je compris à son geste que mon idée lui souriait, je m'assis quelques minutes pendant qu'il sonna son domestique. Le groom reparut. Cette fois la ressemblance que je lui trouvai avec mon petit noir fut telle, que je ne pus m'empêcher d'interroger son maître, et j'appris de lui qu'il l'avait ramené d'un voyage fait en Provence. Pour lui, c'était si peu que tout cela, qu'il endossa son habit sans faire attention à mon trouble. Mais lorsqu'il fut question de me lever de ma chaise, je n'en eus pas la force, et je lui contai mon histoire, non sans une profonde émotion qu'il se garda bien de partager.

Je fus fort scandalisé de le voir en rire comme d'une bouffonnerie, et il haussa les épaules. Le groom vint au même instant prévenir son maître que sa voiture l'attendait. Nous nous rendîmes aux Italiens. La soirée fut d'une tristesse mortelle, et depuis je n'ai plus cherché à revoir mon fastueux protecteur, en punition de s'être moqué de moi et d'avoir gardé à son service le fils de la pauvre négressè, dans la mémoire duquel une livrée de soie et d'argent avait effacé *le Grillot et la Fourmi*, l'enfant qui lui donnait les sous de son goûter, et sa mère qui se mourait contre les bornes d'une place publique !